文尼莎与弗吉尼亚

Vanessa & Virginia

文尼莎与弗吉尼亚

Vanessa & Virginia

Susan Sellers

[英]苏珊·塞勒斯 著　　杨莉馨 译

南京大学出版社

图书在版编目(CIP)数据

文尼莎与弗吉尼亚 / (英)塞勒斯(Sellers,S.)著
;杨莉馨译. —— 南京:南京大学出版社,2012.5
(精典文库)
ISBN 978 - 7 - 305 - 09755 - 3

Ⅰ.①文… Ⅱ.①塞…②杨… Ⅲ.①长篇小说一英
国一现代 Ⅳ.①I561.45

中国版本图书馆 CIP 数据核字(2012)第 061975 号

Vanessa and Virginia

by Susan Sellers

Copyright © 2009 by Susan Sellers

This edition arranged with Jenny Brown Associates

Through Andrew Nurnberg Associates International Limited

Simplified Chinese translation rights © 2011 Nanjing University Press

All rights reserved

江苏省版权局著作权合同登记 图字:10 - 2011 - 355 号

出版发行 南京大学出版社
社 址 南京市汉口路 22 号 邮编 210093
网 址 http://www. NjupCo. com
出 版 人 左 健
丛 书 名 精典文库
书 名 文尼莎与弗吉尼亚
著 者 (英)苏珊·塞勒斯
译 者 杨莉馨
责任编辑 芮逸敏

照 排 江苏南大印刷厂
印 刷 江苏凤凰盐城印刷有限公司
开 本 880×1230 1/32 印张 7.875 字数 163 千
版 次 2012 年 5 月第 1 版 2012 年 5 月第 1 次印刷
ISBN 978 - 7 - 305 - 09755 - 3
定 价 24.00 元

发行热线 025-83594756
电子邮箱 Press@NjupCo. com
Sales@NjupCo. com(市场部)

以爱之名，献给杰瑞米和本·梭罗

目　录

从历史进入小说的英伦姐妹花

提起苏珊·塞勒斯（Susan Sellers），中国学者也许不算陌生。作为国际知名的弗吉尼亚·伍尔夫研究专家、英国圣安德鲁斯大学英语文学教授，她与苏·罗伊（Sue Roe）共同主编并由剑桥大学出版社出版的"剑桥文学指南"之《弗吉尼亚·伍尔夫》一书，早在2001年即由上海外语教育出版社引进出版，并成为现代英国文学及伍尔夫研究者的案头之书。然而，作为长篇小说《文尼莎与弗吉尼亚》（Vanessa and Virginia）及一系列短篇小说的作者，并曾荣获卡诺盖特新作奖（Canongate Prize for New Writing）的塞勒斯，恐怕并不广为国人所知。

然而，对于兼具学者与作家双重身份的塞勒斯自身而言，以文尼莎·贝尔和弗吉尼亚·伍尔夫这一对英国现代主义文学艺术史上不可绕开的姐妹花的情感生活，以及她们与著名的"布鲁姆斯伯里文化圈"之间复杂关联为中心而创作一部长篇小说，却是水到渠成的自然选择。当然，选择的同时也伴随着挑战，因为要还原弗吉尼亚·伍尔夫这样一位在全世界拥有读者无数的天才作家与英格兰百合的丰采神韵，经受庞大的国际伍尔夫学会会员挑剔的目光和一年一度的国际伍尔夫研究大会纷繁成果的考验，同时又要使小说区别于严谨的传记类著作而开拓必要的想象空间，摆脱学究气而征服广大读者，对作者的知识积累、虚构能力和艺术禀赋都构成严峻的挑战。塞勒斯经受了来自学界、出版界包括伍尔夫本人异常重视的普通读者的多方考验，成功展示了自己在文学写作方面的出色潜能。作为她的长篇小说处女作，《文尼莎与弗吉尼亚》于2008年在英国雷文斯出版社首版后迅速走红，翌年即获再版，目前已有10种以上译本，以及根据小说改编的舞台剧巡演和有声读物出版。包括《纽约时报书评副刊》、《基督教科学箴言报》和《加州文学评论》等在内的众多报刊均刊发了书评。小说改编的舞台剧还于2010年在著名的爱丁堡国际艺术节上被隆重推出。

作品共十二章，仿佛由先后经历了丧亲、情人背叛与丧子之痛，晚境凄凉、一切尘埃落定后的文尼莎写给弗吉尼亚的十二封长长的家书构成。这些"家书"不仅细腻呈现了两姐妹深挚的手足之情、微妙的嫉妒心理，也勾勒出她们各自在绘画和文学事业上不断进取、相互竞争而又扶持着一路走来的轨迹，同时栩栩如生地刻画了"布鲁姆斯伯里"这一英国现代主义文艺团体中代表性人物，如美学家克莱夫·贝尔和罗杰·弗莱、画家邓肯·格兰特、社会活动家伦纳德·伍尔夫、小说家E.M.福斯特、经济学家梅纳德·凯恩斯、女作家薇塔·萨克维尔-韦斯特等的神采与风貌。

作品大略由三条内在的情节线索交织而成：一是姐姐文尼莎

复杂而痛苦的情感历程,包括与克莱夫·贝尔名存实亡的婚姻,与罗杰·弗莱之间惺惺相惜的默契与友情,对自由不羁的邓肯·格兰特才华的欣赏、与他长期的同居生活、一次次被他背叛的苦涩与默默等待,以及处于邓肯与大卫·伽内特同性恋夹缝中的尴尬处境等等;二是妹妹弗吉尼亚奇特的婚姻与情感世界,以及文学事业一步步走向成功,精神病痛却日渐加剧,最终在对精神再度失常和德国法西斯势力进犯的忧惧中投乌斯河而亡的悲剧结局。这其中,童年时代受到同母异父兄长乔治的性骚扰,挚爱的母亲和父亲逝去后第一次的精神崩溃,和最早发现自己写作才能的姐夫贝尔之间的暧昧情愫,与忠诚沉稳的伦纳德·伍尔夫婚后亲密厮守但又几乎无性存在的婚姻,先后与女作家薇塔等产生同性之爱,夫妇共创霍加斯出版社并出版凯瑟琳·曼斯菲尔德等的作品,以《雅各的房间》、《达洛维夫人》等作品不断探索现代小说艺术等弗吉尼亚一生中的重要事件均有反映;第三条线索则是这对同胞姐妹作为情场与事业上的竞争敌手和先锋艺术的共同探索者的复杂关系,以及她们之间深厚的血缘与情感维系。孩提时代,她们即处在对天使般的母亲朱莉娅、才华横溢但又难以相处的父亲斯蒂芬爵士和挚爱的兄长托比之爱的争夺中。随着亲人的相继离去,她们告别了老宅,艰难而又决绝地斩断了和虚伪僵化的上流社会的牵系,开始了“布鲁姆斯伯里”崭新的生活。小说第一章生动描绘了少女时代的她们和托比在草地玩耍的情景。两姐妹争夺兄弟宠爱的稚气行为,已经暗示出她们不同的个性,以及日后既竞争又互补的奇妙关系。末章再现了这一场景,以复沓的形式前后呼应,强化了小说主题。"布鲁姆斯伯里"时期的姐妹俩分别开始了在绘画与文学事业上的扬帆"出航"。文尼莎为妹妹的作品配制插图,珠玑美文与绚烂色彩交相辉映,构成了真正的姐妹艺术。多年之后,弗吉尼亚亦以呕心沥血完成的《罗杰·弗莱传》,帮助姐姐重回青年时代的曼妙时光,同时整理并出版了朱利安·贝尔的回忆录、诗歌和书信,为痛失爱子的姐姐提供了莫大的精神安慰。而以两姐妹为核心,作者亦绘写了一幅幅"布鲁姆斯伯里文化圈"成员的活跃身姿,织入了英国现代主义艺术史上一系列重要事件,包括 1910 年 11 月,以罗杰·弗莱为首的先锋派艺术家首度将法国后印象派绘画引入,在保守的英国社会激起的轩然大波;1912 年,包括邓肯和文尼莎的画作,以及俄国艺术家米·拉里翁诺夫和娜·贡恰洛娃夫妇的作品在内的第二次后印象派画展在伦敦的开展;弗吉尼亚的小说《出航》、《雅各的房间》和《到灯塔去》的出版,她与薇塔的恋情催生的奇幻小说《奥兰多》的热销,贝尔才情横溢的美学演讲等等,使读者备感亲切。

就艺术特色而言,小说首先择取了一种饶有新意的叙述视角,以老年的文尼莎("我")向已故的妹妹弗吉尼亚("你")坦陈心迹的倒叙形式展开,时间上则自弗吉尼亚投河自溺后的诸多变故返回,依照时序回忆了姐妹俩一生中共同面对的重要事件。由于作品整体结构建立在回忆基础上,历史通过一个个生动的家居场景与人际交往片段得以复原。作者又精心编织了一张回环往复的时间之网,使得过去与现在不断组接并交互映衬,营构出时间与场景不断跳跃又形成有机连缀的独特效果,以想象填补了历史的缝隙,创造出"追忆似水年华"的诗意之美。

其次,作家精心设计了多种元素的对比,如姐姐的绘画艺术与妹妹的文字生涯之间的对比;父母对妹妹才情的欣赏与姐姐自以为受到父母忽视的失落感的对比;姐姐的热烈奔放与妹妹的淡泊宁静之间的对比;姐姐复杂混乱而又充满了不稳定性的爱情生活与妹妹单纯的非性爱情和同性恋情之间的对比;邓肯在异性与同性恋之间的摇摆与伍尔夫的忠诚体贴之间的对比等。对比元素间的彼此映照形成了耐人寻味的张力关系,强化了小说的艺术效果,有力烘托出人物的个性特征。

第三,由于作品以一位现代主义画家的视角来追述往事,绘画在小说中成为给读者留下深刻印象的象征符号,起到了烘托气氛、寄寓情感、暗示人物命运的重要作用。小说中作者加以细腻描绘的画作有的出自文尼莎之手,也有的是特定情境下虚构而成,但无一例外地以逼真或变形的方式映照出了文尼莎的沧桑人生,串联起她与贝尔不和谐的婚姻、对罗杰和邓肯的爱情、对战争与法西斯暴力的默默抵制和与妹妹之间的血肉深情。一幅幅画作可说与人物的生命融为一体,呼应、见证了人物的精魂。

而对中国读者来说,小说还有一点使我们倍感亲切的是其中的中国元素:即文尼莎和贝尔的长子、青年诗人朱利安·贝尔的中国之行、他与现代女作家凌叔华的秘密爱情及私情泄露后奔赴西班牙,并以志愿者的身份英勇牺牲于西班牙反法西斯内战战场的一系列史实,在小说中亦有反映。小说第九章中写到剑桥才子朱利安怀揣热烈而浪漫的革命之梦来到中国武汉,与母亲通信往还,并寄赠母亲美丽的中国丝绸。各色丝绸裹在思念儿子的母亲身上,仿佛一道绚烂的彩虹的场景描写,令人动容。儿子逝后母亲睹物思人的忧伤,更是让人潸然落泪。

　　总体而言,小说具有沉静优雅、质朴抒情的语言风格,语言清丽,可读性强,怀旧的情调又给人带来"怨而不怒,哀而不伤"的审美感受。相信《文尼莎与弗吉尼亚》一定会受到中国读者的欢迎。无论是小说中当年的姐妹花,还是目下再现出她们神韵的女作家,都对遥远的中国怀有真挚而炽烈的倾慕之情,因此,小说中译本的面世,既是对先人深切的纪念,亦会给今人带来由衷的喜悦。

第一章

　　我正仰面躺在草地上。托比[1]挨在我身边，暖融融的身体紧紧地贴着我。我睁大了眼睛端详天上的浮云，研究它们是如何在高空中互相追逐，一会儿是巨人，一会儿是城堡，一会儿又变成了传说中长有双翼的怪兽的。什么东西轻轻地从我脸上划过，搞得我的双颊痒痒的。我支起身子，一下子攥住了托比手心里捏着的草根。他急忙扭开身子躲我，很快，我们两个便互相捶来捶去，咯咯傻笑，我几乎分辨不出推来搡去的胳膊和腿哪些是托比的，哪些是我的了。到后来，我们终于歇了下来，托比把脸蛋儿枕到了我的胸脯上。我能感觉到他的脑袋压在我胸骨上的分量。他的头发在阳光下金光闪闪，我凝神注目，仿佛看见他成了一个光彩夺目的洁白的天使。我伸出胳膊搂住托比的脖子。平生第一次，我懂得了

　　① 托比（Thobi）为莱斯利·斯蒂芬与朱莉亚·斯蒂芬夫妇的长子，小说主人公文尼莎·斯蒂芬（即后来的文尼莎·贝尔）的弟弟和弗吉尼亚·斯蒂芬（即后来的弗吉尼亚·伍尔夫）的哥哥。国内之前译为"索比"。现依正确发音改译为"托比"。——译注

1

狂喜的滋味。

阴影自天而降。我的天使不见了。我认出了你泛着蛇绿色的眼睛。你想插到我们中间来，而我把你推开了。这时你跳了起来，在托比耳边说了什么悄悄话。他抬起头来盯着你看。从他的神情中我判断出，你的话已经把他给打动了。我知道，你是想用某个胆大妄为、异想天开的念头把他从我身边拉走。我转过身子，扑倒在草地上。草叶刺痛了我的眼睑，我全神贯注地去感受那种尖锐的痛感。当我再次转回身时，你们两个已经走了。我坐了起来，注意到托比正歪歪倒倒地坐在花园的墙头上。他一只手紧紧攥住头顶上的树枝以保持身体平衡。我听到他尖声叫着，声音中大胆与恐惧兼而有之。我想对他大叫，要他回到草地上来和我玩。后来，我又看见你抓住托比的一条腿，自己也上去坐到了托比旁边。你摇摇晃晃了好一会儿，终于找到了平衡。我知道，下面你要干的事，就是回过身来找到我，以胜利者的姿态向我挥手。我重新仰面躺到草地上，装作毫不在意的样子。在这个世界上，我最不想让你看到的，便是我的眼泪。

我从纸页上抬起头来，向窗外望去。阳光在草地上颤动。有一瞬间我仿佛看见了你的脸，就像过去那样，常常在我写东西的时候淘气地笑，作出龇牙咧嘴的怪样。光线暗了下来，你的面庞消失了。我一个人孤零零地留在那里，瞪着那空落落的窗玻璃发呆。我的记忆就像缠结在一起的线团，或者像是母亲缝纫篮里装着的碎布片。那时，我总是喜欢在育儿室的地板上把缝纫篮兜底倒空，在那堆杂物里扒拉出彩色的缎带啦、掉落的纽扣啦，或三角形的紫色花边啦什么的。

　　母亲。她走进育儿室，就像一位王后。我们都是她的臣民，整整齐齐地排着队列，以备她的检阅，心中急不可耐，希望赶紧轮到自己。她的头发从中间分开，有一只发网把它们紧紧地盘在后颈上。她身穿一条黑色的长裙走进屋子，收拾起挂在炉栏上的湿衣服，又把散落成一片一片的智力玩具扫成一堆，归拢到原来放它们的盒子里。她的裙子发出树叶般窸窸窣窣的声响。她对女仆说着话，戴满戒指的手指仿佛在跳舞。我对她问女仆什么问题清清楚楚。这以后，我就会把我的娃娃们摆好，模仿母亲那种清晰而又圆润的嗓音，去向它们查问蓖麻油，以及需要缝补的衣服的事。我努力把头抬得高高的，背挺得笔直，直到双肩僵硬得动弹不了。最后，母亲在壁炉前的一把椅子上坐了下来，喊我们到她跟前来。

　　托比总是第一个。我看着他被拉进母亲的怀里，闭上眼睛去想象她长裙的那种丝绸的触感，以及她身上散发出来的薰衣草和香水的气味。我睁开眼睛，看到她正用手指抚摩托比的头发。我从来不去问为什么托比总是第一个，或者在阿德里安生下来之后，为什么他的位置又紧排在托比之后。我认为这就是事物的秩序，在这其中，我个人的愿望几乎是无关紧要的。然而，当母亲松开了托比，给了他一个吻，然后又向你伸出手来时，我感觉好像某个承诺被打破了似的。我的肚子一阵阵抽搐，我感到义愤填膺，脸都涨红了。我是老大啊。我应该在你之前啊。母亲把你抱到她的膝头上,你用两只肉乎乎的小手去够她胸前的丝带。母亲皱起眉头责备你,你却反而向她挨得更近地去亲她。她的笑容仿佛冬日午后的阳光一般。你似乎在她的怀里待了好长的时间。你以拍手游戏的节奏拍着两手,母亲表扬了你,而我心里想的却是,假如壁炉里正好有一点火星迸出来溅到你的衬裙上会怎样。我想象着你的衣服着起火来,你红色的头发也被烧着了的样子,那时母亲就会惊慌万分,赶紧把我抱到她的怀里。

传来了敲门声。爱伦刚刚上楼,有点气喘吁吁的样子,用托盘带来一张卡片。母亲叹了一口气,去取那张卡片。她读完了之后,把卡片放回托盘,然后告诉爱伦她会马上下楼。她把你从腿上抱了下来,最后对女仆吩咐了几句,然后便跟着爱伦下楼去了。

我盯着看她的背影。你向我慢慢爬过来,用手来够我鞋子上的搭钩。我如闪电般把脚后跟往后一缩,害得你的手指头就到了我的鞋底下。你发出一声惨叫,其实那表达的也正是我心里的感觉。我数到五下才松开脚跟。然后,我俯下身子把你抱起来,坐到刚才母亲坐过的椅子上。我把你抱坐在大腿上前后摇晃,直到你发出轻柔的鼻息。我知道,你已经睡着了。

是我的同母异父姐姐斯蒂拉第一个把一支粉笔放到我手上的。她和我同一天生日。我在她的口袋里乱翻,拖出一只小包包。我知道它就在那里。小包包用褐色的纸包裹着,我把它放在手心里翻来翻去,搞得它皱巴巴的。里面是六根又短又粗、有颜色的、像是手指模样的东西。斯蒂拉从腋下掏出一块板来,开始在上面画了起来。我被出现在板上的波浪般的线条迷住了，自己赶紧也试着用粉笔画了起来。整整一个上午，我都沉浸在自己的这个新爱好之中。虽然我画起来笨手笨脚的，可还是坚持不懈，直到画板被涂得满满的。我完全被自己画出来的彼此交叉、连接的线条迷住了，线条与线条之间显现出一个个小小的三角形、钻石形和长方形。我画完之后，便坐了回去，直盯着自己的杰作看。我已经把一面空白乏味的黑板涂成了七彩虹霓般的色泽，以及各种奇形怪状了。当我端详着它们的时候，这些形状仿佛跳起舞来。我好得意啊，把黑板藏了起来。我可不打算和任何人分享自己的发现。

我们在大厅里，穿戴整齐，正准备出门散步。我们要爱伦抱我们一起站到椅子上，以便可以看到镜子里自己的模样。我们的脸看起来真像是对方的复制品，虽然并不完全一致，好像画家竭力想从不同的角度去捕捉同一个人的不同侧面似的。你的脸蛋长得比我的更漂亮，五官更精致，眼神灵动无比。在这个世界上，你是我天然的盟友。我陶醉于你看着我完成你还无法做到的好多事情时的样子。但我却没有注意到你遭受的挫折感，你赶上我、推翻我的欲望，正是这欲望给你的敬畏之心蒙上了阴影。

"你最爱的人是谁？母亲还是父亲？"你的发问像是一道霹雳，出人意料。我正端着一壶温水，这时怀疑地停了下来，瞪着你。你跪在浴室的地垫上，皮肤在缭绕的蒸气中闪闪发亮，看起来就像是一朵玫瑰花。你的发尾湿漉漉的，有一条毛巾裹在肩上。我被你问话中透出来的那股子鲁莽无礼的劲儿搞糊涂了,后来才慢慢地把水从壶中倒入浴缸。

"母亲。"我缩了回去。

你对我的回答成竹在胸,一边用手抹去头发上的水滴。

"我更爱的是父亲。"

"父亲?"我迅速地坐了起来。"你怎么可能最爱父亲?别人要讨好他总是那么困难。"

"至少他不含糊其辞啊。"你打着转转,直视着我的眼睛。我意识到你对这场辩论很开心。

"但是母亲……"我搜肠刮肚地找词儿。我想到她走进房间时脖颈的线条,以及只要她一在餐桌边坐下,整间屋子里的气氛就会改变的效果。

"怎样?"你的眼睛正大胆地盯着我看。

"长得漂亮。"我悄悄地吐出这个词。

"这又能说明什么呢?"你满不在乎地说,一脸轻蔑的样子。"母亲没有父亲懂得多,她不怎么读书。至少当父亲一心一意做什么事情的时候,你知道他是不会那么容易分心的。"

我想振作精神进行还击,抗议说父亲是个多么自我中心的人。我想大声宣告母亲有多么多么好,说明她从不放弃自己的责任,一旦哪里乱糟糟的,她马上能把一切恢复得井井有条。可我却没有能这么做,我只是默默地盯着水瞧。我从眼角可以看到你正在微笑。

"好吧,至少我们俩不必为了更爱谁而打起来。"确信自己已胜利无疑,你的口气现在变得和缓下来了。我离开浴缸,用浴巾把自己裹了起来。就像我们之间经常出现的情形那样,我们争论的结果总是会让我感到很难受。我把前额抵在窗玻璃上,看着外面的树枝在半空中交织出十字形的图案。我并不喜欢我们两个的感情还要有什么分别,还要把母亲的长处和父亲的短处放到一起掂量掂量,好像在我们的生活里,孰长孰短的答案是一道简单的算术题似的。不止一次了,我发现自己对你的聪慧会把你引向何方感到害怕。

我想再现那些日子里的气氛。父亲霸道的存在,他在我们房间楼上的书房里踩出的脚步声,他大声的、没完没了的呻吟。母亲坐在自己的书桌旁写作,全神贯注,沉浸在自己的世界中。我把这一场景在自己眼前活灵活现地复现出来,仿佛就是一幅画似的。色彩是灰暗的——有黑色、灰色、黄褐色、酒红色——还有壁炉里跳动着的深红色的火焰。在画面的上方,有小块的、银色的天空。孩子们在前面显著的位置上跪坐着。母亲、父亲,我们的同母异父哥哥乔治和杰拉尔德在我们后面则站成了一个环形。他们的身形高大,显得很吓人。虽然我们的面容并不清晰,但还是有可能把我们分辨出来的。托比的胳膊穿过我的胳膊,正在找什么玩具,或许是一台棉纺车,或许是一列木制火车。劳拉藏在托比的身后,斯蒂拉用胳膊搂着她,为她提供庇护,身体形成一个弧度。阿德里安还是个婴儿,躺在婴儿床中熟睡着。你处在画面的中心位置上。你似乎是用不同的颜色画出来的。你的头发在红红的炉火映衬下丝丝毕现,裙子上折射出天空银色的条纹。在周围单调、阴郁的氛围中,你显得呼之欲出。我没法判断,是我因了你的逼迫,才把你放到这么一个显要的位置上的呢,还是你自个儿用什么东西挣来的。

"好好听着,文尼莎!"母亲的责备把我从白日梦中唤醒,我竭力把注意力集中到母亲给我讲解的内容上。她正在教我们历史。她的背部挺直得仿佛就像一根权杖,两手交叠放在腿上,显得娴雅庄重。这一点同样是我们所要学习的内容之一。她希望我们能学会在任何时候做到自我节制和专注有礼。我的思绪滑过她大声念给我们听的一长串名字。在她正好读到的那一页上方,我看到一张绘有王冠的插图。不知是怎么回事,我一下子又因王冠那精美的形状而出了神。

"文尼莎!我说了第二遍了!请你站起来依照顺序背诵英格兰国王和女王的名字,不得有错!"我从椅子上跳了起来。你紧盯着我看,我知道你是宁愿我记得住那些名字的。我结结巴巴地从威廉背到亨利再到斯蒂芬,终于再也想不出来了。赶在母亲开口责备之前,你挺身而出了。

"我有个问题要问。"我们俩都看着母亲,她点点头。

"伊丽莎白一世真的是英格兰有史以来最伟大的女王吗?她真的是——一个最了不起的君主吗?"对你的伶牙俐齿,母亲报以微笑。我退回到椅子里,既感到了被抛弃的滋味,又长舒了一口气。你得到允许继续滔滔不绝,眼里闪着胜利的光芒。我知道从此再也没有什么能够阻挡你了。

"您是不是认为她因为是一个女人才能取得如此了不起的成就？我的意思是说，她从未结婚，这是事实，对不对？我觉得根本没有什么国王能够配得上她。假如她结了婚，就不得不忙着生孩子，没办法料理国事啦。人们称她为'格罗丽亚娜'，她有着自己的处世格言。"

"'始终如一！'"①原来父亲已站到了走廊里，他对你的表现给予了掌声。他胳膊下面夹着一本书，那是教我们数学用的。"'始终如一。'这就是她命人刻在自己坟墓上的那句格言。你说的是伊丽莎白一世吧，对不对？那位童贞女王。或者你最好还是跟我来一趟，我们在图书室里找找，看能为你找到什么书。"你从椅子上滑了下来，抓住了父亲向你伸过来的手。我看到你陪着父亲离开屋子时跳跳蹦蹦的样子。门在你身后关上了，我把注意力转回到母亲这里。在她开始重读那一长串名字的时候，我竭力不去理会她的叹息。

我用拇指一页页翻过家庭照相簿，停留在插有劳拉照片的那一页。劳拉是父亲第一次婚姻所生的女儿，或许九岁，或许十岁，一缕缕卷发如瀑布般垂在肩上。她的脸扭开着，不肯面对照相机，怀里抱着一只小小的玩偶。她脸上的表情难以捉摸。

我记得，你从来没有戏弄过劳拉。有一次，托比试图模仿她结结巴巴说话的样子，同时假装把自己吃的东西扔进火里去。你生

---

① 原文为拉丁文"Semper eadem"！ ——译注

9

了很大的气,甚至打了托比。他无法置信地回过头来看你,你脸上的怒色却是真真切切的。

劳拉被送走的那一天,你待在我们合用的房间里不肯出来。这真是你"受难的"一天。当我进去看看你需要些什么的时候,我发现你俯身躺在床上,脸埋在枕头底下。当我蹑手蹑脚地走近你床边时,你转过脸来看着我。

"他们把她送进一所疯人院了吗?"我知道得其实并不比你多,但却摇头否认。

"他们怎么能这样呢?"这时,我看见了你眼中悲伤的神情。我伸出胳膊抱住你,试图保护你,其实我心里和你一样恐惧。

我们躺在床上,观察着周围天渐渐暗下来的样子。尽管我们请求把窗帘留一道缝,可它们还是被紧紧地拉上了,严严实实的没有一丝缝隙。我闭上眼睛想象着月光的模样,一边注意听母亲上楼的脚步声。今晚家里有客人,我们帮她穿衣打扮。我帮她把珍珠项链小心地戴好,她答应一定会来亲吻我们,跟我们道晚安的。我想象着她坐在餐桌边,把盛汤的盘子递给别人的情景。假如晚宴很成功,她会告诉我们她是怎么操持的。她会说给我们听,那个坐立不安的年轻人是如何被连哄带劝地引入了谈话,而她又是怎样制止了那位说起病痛来便不住声的女士引起人们的惊慌的。她之所以会告诉我们这些事,并不是因为我们听了开心,而是她希望我们能从她为我们树立的楷模中有所裨益。她会一边提醒我们,一边慎重地点头,希望我们懂得一位女主人是不能离开餐桌边她

10

的位置的,她要让围绕在她身边的人一个个都舒舒服服的才好。至于她本人的愿望,包括她女儿们的愿望,都是必须放在次要位置上的,一切都要以满足他人的需要为旨归。

黑暗无边无际,仿佛是有生命的一般。我想像着那座大大的银质枝形烛台,把那些围坐在餐桌边的人都罩进一个光圈中的样子。地板发出嘎吱嘎吱的响声,我把头转向声音发出的方向。

"是母亲吗?"我悄悄地说。

你的手正搭在我的胳膊上。我在沉思默想中已经全把你给忘了。我把睡衣往自己这边拉了拉,给你腾出点空来。我们肩并肩地躺着,彼此感到安慰。你清清嗓子,开始说话。

"迪尔克夫人,"你用那种讲故事的腔调说了起来,"某一天早晨奇怪地发现,家里连一个鸡蛋也没有了。"我把头转回到自己枕头上,随你怎么编故事吧。很快,我就忘记了黑暗,以及母亲没有兑现的承诺。我被你杜撰出来的活灵活现的世界吸引住了。我沉沉睡去,梦见了淘气的小精灵、金色的母鸡,还有早餐时煎得很透的鸡蛋。

"她在读它吗?"

我站在窗边,从我们工作的这座暖房里,可以望得见起居室。母亲正坐在扶手椅上,身边的桌子上摊放着我们自编的最新一期报纸。她手里拿着一封信,我可以从她嘴唇的一张一翕中分辨出,她正在把信的一部分内容大声读给父亲听。他坐在她身边的扶手椅内,似乎正沉浸在他自己的书本里。你在我身边的地板上爬着,双手紧张地抓着一只软垫。你的不安让我感到惊讶。报纸只不过是我们编来玩玩的某种东西罢了。我又透过窗户望过去。

"她读完她的信啦,正在把它折好放回信封里去。"

"她翻开报纸了吗?"

我盯着母亲看。她已经把头靠在椅背上休息了,眼睛已经合上。我看她有好一会儿一动也不动。你在绝望之中狠命地砸着软垫。我再也无法忍受你的焦虑了。

"是的,"我于是撒了个谎。"她正在翻着报纸呢。"

"你能看见她在读什么吗? 是我写的那篇关于池塘的吗? 她读了之后笑起来了吗? 她脸上是什么样的表情?"

我回头再向窗户看去。母亲依然把头搁在椅背上休息。后来我看到她站起来了,拿起报纸,扫了一眼标题,然后又把它放回到自己的腿上,并没有翻开。我没办法把我看见的告诉你。

"她喜欢它,"我说,"她径直找到你的故事来读,现在她笑得前仰后合。"我坚定地把窗帘拉上,转身走开了。

你微笑了,好像我告诉你的是天底下最最重要的事情。

这是我们的一个仪式。你坐在浴室的凳子上,一条浴巾松松地绕过肩膀。我拿来山谷里采摘的百合花,还有架子上的玫瑰水,站到你的身后。我把一点点玫瑰水倒入掌心,停留一段时间,把它捂热。在我手指的抚摩下,你的双肩显得很光滑。我用双手在你背上按摩,观察着你肌肤的牵动起伏。你仰头贴在我的胸口。当我低下头时,能够看到你脸颊上方鬈曲的睫毛。我揉捏着你柔软

12

的胳膊，仿佛那是一团面团似的。

"别停啊，"我温柔地碰碰你，"把故事继续讲下去。"

　　花园由不同的花圃和草坪组成。父亲说，这是一个袖珍型的乐园。我们正在露台上打板球。轮到我打了。你把球抛出一个高高的弧度，我等着它掉下来，这时你突然离开原位，开始奔跑起来，并大声叫托比和阿德里安跟你一起跑。我原来还呆呆地站着等那个球，这时被你眼中流溢的激情感染，也开始奔跑起来。我们上气不接下气、激动无比地跑到生长在小小的菜地后面的醋栗丛中。这时我才听见了父亲的声音。你把手指放在嘴唇上，要我们不要吭声。你大步向老喷泉的位置奔去，放大了嗓门儿朗诵一首诗，想把他的声音盖住。我们几个则像规规矩矩的士兵一样跟在你的屁股后头。当父亲追上我们的时候，我们差不多已经到了那个破掉的石缸的位置了。他首先问话的就是你。你直视着他的眼睛，告诉他并没听到他的喊叫。你的振振有词让我很是惊骇。然后你转过身来，我们都看得清楚，你要求我们合谋撒谎。托比的眼睛一直没有离开过你，当父亲问到他时，他也摇摇头，你给了他一个笑脸作为奖赏。能加入这场游戏让阿德里安感到很兴奋，他咯咯傻笑着不肯说话。看来只有我硬着头皮来承受父亲的恼火了。

　　"你没听见我喊吗？"父亲因费力地穿过花园追赶我们，脸已经涨得通红。他的眼中闪现出怒火。你急切地观察了我好一会儿。我则眼睛瞪着草地。

　　"听见了，父亲，"我开始说话，"我们确实听见你喊了。很抱歉，我们没有听你的话。"

你瞄了我一眼，眼神里全是嘲讽。

你坐在我床上，把我的紫水晶项链绕在手指头上玩。你把水晶举到亮处。

"这一颗，"你说，好像一颗颗水晶就是一粒粒念珠似的，"是为母亲念的。"我凝视着水晶紫色的闪光。"母亲可爱漂亮的尼莎①啦，就是没时间说出来。"你声音很响，我伸手去抢项链。你不让我抢到手，继续进行你那唧唧呱呱的絮叨。"尼莎多慷慨，尼莎多仁慈。希望母亲不要那么忙。"你的口气显出一点狡猾，既有甜言蜜语，又显得怀有恶意。"让我们瞧瞧，还有谁爱我们的姐姐?"

你把项链晃来晃去，又换成了一种充满诱惑的腔调，声音变得低低的。

"哎呀，现在瞧瞧我们这儿有谁吧，是一头可怜巴巴、孤独的山羊②啊，咉咉叫着在找她的海豚妈妈。她希望尼莎没有那么凶地骂她，希望尼莎别老是画画，用她可爱的胳膊抱抱她、宠宠她吧。"

我知道你要晃到哪边，趁机想再次把项链夺到手。你跳下床，奔到窗口。在我还没来得及说什么之前，你已经爬上窗台，水晶项链在你的指尖晃荡。

"山羊都擅长攀爬，记得吧。也擅长跳跃。"我注意到你在测算

---

① "尼莎"为弗吉尼亚对姐姐的爱称。——译注
② "山羊"是弗吉尼亚的自称，也常是文尼莎与弗吉尼亚后来的丈夫伦纳德·伍尔夫对她的爱称。——译注

到椅子那里的距离,于是也迅速奔向窗口不让你过去。我抓住了你的手腕,你放声大笑。我把你一直拖倒在地板上。你死命攥住我的手腕,把脑袋压向我的胸口。我能感觉到你的双唇贴在了我的脸上,可我根本没有了娇宠你的心情。像鳗鱼一样,我扭身压到了你身上,用肩膀紧紧地把你摁住。我抓住你的手,掰开手指把项链拿到手里。

你足足等了一个星期来实施复仇。我们之前一直在肯辛顿花园散步,坐在门口的一位老妇人送给我们一只气球作为礼物,我们很开心。当我们转过回海德公园门的拐角时,开始争论起要不要把礼物的事情告诉母亲。你列数了一大堆理由不告诉她,听上去怪有理的,当我们在大厅里挂好外套时,我已默许把气球藏在橱柜里。为了藏这只气球,我们把好几块小地毯挪了出去。很快,母亲便在我们的房间里发现了地毯,我觉得有责任认错。

"这是真的吗,弗吉尼亚?"母亲痛恨欺骗,语调很严厉。你回答之前先瞪了我一眼。

"母亲,您面前站着的,"你说,眼里闪出恶意的光芒,"一个是恶魔,一个是圣人哪!"你讥笑地鞠了一躬,然后指着我。让我诧异的是,母亲不但没有责备你,反而笑了起来。那天晚上,你说的话又被学给了父亲听,父亲对你的聪明拍手称赞。不久,他也对我喊起"圣人"来了,而且在这样做的时候还对你眨巴眨巴眼睛。乔治、杰拉尔德甚至托比也一起加入了这个讥笑我的游戏之中。我对你给我贴上的这个标签感到很难堪,却不知道怎么以牙还牙。而有关你可能是个恶魔的想法却似乎没有人去在意。

七月的第一周。行李箱已经打好放在了大厅里。我们爬上了要带我们去车站的马车,怀里满是书、铲和锹、捕蝴蝶用的网兜、板球球板、蜡笔筒,还有草帽。我坐在位置上推开了马车窗户。燕子们正在衔泥筑巢,在蔚蓝的天空中飞来飞去,就像织机上的梭子一般。整整一个冬天,我们都在期盼着这一时刻的到来。

一上火车,人人立刻说起话来。我们数着经过的车站,恨不能马上见到大海。甚至父亲也把书本抛到一边,握住了母亲的手。

在圣艾维斯度假时,我们并不像在伦敦时那样保持刻板的生活规律。客人们根据火车的班次来来往往,并不用像我们在家时那样遵守一成不变的用餐和拜访时间。父亲似乎也变得轻松起来,不像在伦敦时那样受到无休止的工作的压迫,有了时间可以出去散步、远足和游乐。我们则获得了彻底的自由,可以随意在花园里闲荡,在海滩上游玩,想怎样就怎样。房子明亮而又空气流通,各间屋子就像日本折纸折出的纸盒一样,可以相互连通。有时,母亲还会把各种零零碎碎的安排全部都并到一起。

正是在这里,我获得了新生。整年像希腊神话中的冥后珀尔塞福涅似的被关在地狱般的伦敦,这里就好比是我历经牺牲后获得的补偿。地平线消失得无影无踪,光明突然慷慨地降临到了我的身上。整整一个夏天,我都在想着法子贮存光明,用我的画去捕捉它,这样我在回到伦敦的时候便可以把它带在身边,在那些阴郁乏味的冬日里靠它过活。在圣艾维斯,我可以整天自由地涂涂画画。正是在这里，我开始了平生第一桩严肃的事业。当我发现了新的形状以填补那些黑暗的时候，是斯蒂拉引导了我。

托比穿着制服显得真是荒谬，好像在竭力模仿成人似的。母亲把一块干净的手帕塞进他的口袋，把他的衣领拉拉直。然后她把我们都喊到面前来。我们挥着手，意识到自己的不安。父亲出现在台阶的顶部，对即将离去的人儿作了最后一番谆谆教诲。我们看着托比随着马车消失远去，我感觉到你的手指紧紧攥着我的手指。我们两个都刚刚开始意识到，亲爱的兄弟将有一段时间不在家里了。

我们是不是也都渴望跟着托比去上学呢？这真是个复杂的问题。我的一部分渴望着冲出那所阴暗、监狱般的房子获得自由，自己去发掘人生的奥秘，而另一部分却在向后退缩，不愿放弃熟悉的生活。毫无疑问，托比的离去甚至更加彻底地使我们成为盟友。我们成为彼此的镜子，因为我们的课程和散步构成了一天的主要活动，而在这些活动中，我们被要求主要依靠我们自己。我们长时间地一起待在小小的暖房里，你大声朗读，而我则进行素描练习，晚上则一连好几个小时睁着眼睛，躺在彼此相连的床上。你讲故事，我听着。你的故事是漫漫长夜的无尽黑暗中唯一的光亮。直到现在，当我读书的时候，我听到的也不是我自己的声音，而是你的声音。你充满感情的讲述中表达出来的思想敲击着我的头脑，然后我沉沉睡去。

在我们这种同谋关系之中，隐藏着一种骄傲自大。我们无法从外部获得参谋,只有依靠自己。没有人指导我们,也没有人测试我们的想象力,发现我们的错误所在。我们对别人的缺点没有同情心。经过你绘声绘色的语言天赋的磨坊的处理,我们身上的那些缺陷与瑕疵居然成为了支持我们蹒跚着树立起自我形象的后盾与靠山。

你是一个擅长辞令的人。你是一个懂得如何把握事件并把它描述出来,使它的本质得以显现的人。我没有你的天分。如果你还在这儿的话,你是懂得如何讲好这个故事的。你能找到穿透真相的方法,揭开那些诗歌语言中隐含的谜底,比如一个人的心灵在歌唱,即便同时它也在啜泣。

复活节。我们像往常一样穿过公园散步,不时停下来欣赏花台上仿佛像是从地壳中冲决而出的熔岩一般的藏红花。瑞德格雷夫太太从椅子上站了起来,正从池塘边的小路上向我们这边走来。看啊,你说,她就像是从博物馆里出来的某样没有得到好好保存的物件似的。我们走进大厅,米尔斯小姐从讲台上向我们点点头,她脖子上挂着的十字架在灰蓝色的衣裙上闪闪发光。其他的女孩子都已经到了,米尔斯小姐要我们专心听讲。

"谁能告诉我今天是什么日子?"她的声音听上去怯生生的,像是在求你听她说,并喜欢她似的,让你感觉十分不快。你不知咕噜咕噜说了些什么。朱莉亚·马丁向前跨了一步。

"米尔斯小姐,今天是复活节,星期五。"

米尔斯小姐满脸堆笑,抬头看向天花板,好像正在和一个更高的权威进行交流。

"没错。今天是我们亲爱的基督在十字架上死去的日子。耶稣受难日①。"

"真的很美好吗?"我听到你鼻子里嘲弄地哼了一声。你用脚趾在地上画出了一个问号。

"是谁在那样讲话?"米尔斯小姐意识到是你,于是换上了一种新的口吻,仿佛一个身处困境的将领根据过去的经验,判断出即将面临一场棘手的较量。"什么,弗吉尼亚?"

她的嘴唇绷成一条直线,显示出坚定的决心。她表情中有某种东西让你觉得可笑,你把长手套塞进嘴里以免笑出声来。我也被感染了,肩膀抽动着,想把笑声掩饰起来。我们肩并肩站在一起,低着头,共同对抗着世界的愚蠢与荒谬。

我们接受了成为淑女的训练。你曾经怎样形容它来着?我们学着去敬重富于美德的天使,她的无私到了那样一种地步,以至连她自己的任何需要都不复存在。她总是被摆在我们眼前,不断对我们形成刺激,成为我们的努力方向。当我们没办法模仿她时,她让我们感到丢脸,总是横腰拦在我们有可能实现勃勃雄心的半路上。因此,毫无悬念的是,你终于把她给谋杀了,用你细细的笔尖刺进了她毫无瑕疵而又虚假得令人难以置信的胸口。

---

① "耶稣受难日"的原文为 Good Friday,直译为"美好的星期五"。——译注

现在是整四点。我在客厅门口停顿了一下,把裙子拉拉直。我进来的时候父亲沉着脸。我注意到手上有一块画画时沾上去的油彩,于是把手藏到身后。我坐在沙发上母亲的身边。有敲门声传来,第一位客人到了。我们开始按熟悉的规矩办事。

我们成为了机械的木偶,你和我都是,被一只无形的手牵引着活动。我们倾听、观察,说一点点无关痛痒的话,为的只是不让围坐在桌边的客人的谈话冷场。我们是心不甘、情不愿的卫兵,守护着那只谈话的小球,确保它不至于停下来,而克制住自己可能会产生的要么把它弹出轨道,要么允许它停下来稍息的欲望。我们得把这只小球拍给坐在角落里的那位害羞的年轻女士,判断我们拍球的力度是不是不轻不重,恰好可以鼓励她也挥起球拍,参与到这场球赛之中。我们还必须把小球从姨妈、姑妈们那里拦截下来,以免谈话总是在她们之间进行;有时,我们还得阻止那位坐在父亲身边的年轻人把小球偷走,用来炫耀自己的学问。

你玩这一套比我在行。你把自己乔装成一位女主人的样子。我在听你说话的时候,总是忍不住地惊奇,你是怎么把自己的机锋编进一张漂亮的网里面,害得那些和你谈话的人辨不清你究竟是在恭维他们呢,还是在讽刺。我可没有你的那种含蓄与技巧。

后来,你打算记下茶桌边的训练对你写作的影响,在那之后,你觉得再也没法儿自由自在的了。但尽管如此,你还是以文字获得了自己的解决之道,你总有法子解脱出来。对我来说,情形就不一样了。我不得不在自我的深处搜寻自己感觉最不舒服的地方。我总是不擅长表达,而跌跌撞撞地躲进明知属于禁地、也明知要因此而受到责备的所在,或者,索性就来到河堤上,长时间地在那里停留。慢慢地,我变得越来越像母亲,在那些需要训练和学习的午后,像她那样,披上沉默和殷勤的外衣。

你沿着河堤慢慢地走着,寻找着石块放进口袋。我想像着那天你的模样,凝视着疾速流淌的河水,还有一动也不动的、树叶都落光了的、伸向铅灰色的天空的树枝。我想触探到你当时的内心深处。当你把手杖扔在河堤上,大步走进打着旋的河水中心的时候,你想到我、伦纳德和孩子们了吗?或者,难道你所有的念头都集中于离开这个你再也无法忍受的世界上了吗?

你瞧,即便这么多年以后,我还是在怀疑你是否真正爱过我。

第二章

摇醒我们的是斯蒂拉。她手中举着的蜡烛在墙上映出可怕的影子。我立刻意识到情况不妙。我从床上坐起来,扯过晨衣盖住肩膀,匆匆把脚套进鞋子里。你用一条披肩裹住自己,冷得直打颤。我们收拾妥当,就跟着斯蒂拉进了母亲的房间。在门口,我们的手握在了一起。父亲坐在床头的一把椅子上,头深深地埋进掌心。塞顿医生正站在窗口,对乔治和杰拉尔德说话。两位护士在帮母亲调整枕头的位置。我们走进房间时,里面一片寂静。我们挨近斯蒂拉站着,她用胳膊搂住我们的肩膀。乔治走过来告诉我们,我们要挨个地亲吻母亲。他伸出手来递给阿德里安,把他带到母亲身边。我看见阿德里安紧紧攥着乔治的手指,弯下腰来亲吻了母亲的面颊。当乔治把你带到床头时,母亲的眼睛缓缓地睁开了。她镇定地盯住你好一会儿。然后眼睛又合拢了。

现在轮到我了。我弯下身子,亲吻了母亲的前额,听到了她可怕的、粗重的呼吸声。我渴望她对我说话。我渴望她解释究竟发生了什么事。我渴望她告诉我,她爱我。她的眼睛还是一动不动地紧紧闭拢着。我感觉到乔治拉住了我的胳膊，由着他带我离开。

我坐在那里，两眼盯着地板。我没办法再去看床上的情形。我听得见鸟儿在窗外歌唱。母亲的梳妆台就在我对面；我看着她的珠宝盒，她的照片，她的笔记本，还有钢笔。镜子所在的位置刚好能够让我看到母亲的映像。在半明半暗的光线中，她的脸几乎是半透明的。我看着她，仿佛她就是一幅画，我注意到她苍白的皮肤、她头发在前额从中间分开的样子。我在想怎样才能把她画下来。在她双眼的眼窝上有着深深的阴影，她的上唇形成的弧度如此鲜明清晰，显得下唇几乎像是看不出来的样子。

我意识到房间里已经越来越亮了。我依然盯着镜子看，看到塞顿医生抬起母亲的手腕，去触探她的脉搏。他点点头，把她的胳膊放回体侧。父亲发出一声很响的、充满愤怒的号哭声。

我逃也似的离开了这间屋子。

我们互相偎依着待在客厅里，不知道下面要做什么。我们就像是空洞的影子，所有的形状、色彩和生命都已萎缩、逝去。窗帘被拉上了，以挡住外面的光线。正是初春时节，冷飕飕的。乔治坐在壁炉前，哀哀哭泣。杰拉尔德茫然地盯着自己的两只手看。在我们头顶上，可以听到父亲毫无节制的啜泣声。斯蒂拉走进屋子，手里拿着一罐热牛奶，一瓶白兰地。你凝视着炉火，眼神空洞。所发生的事超出了我们的想象力。

我们小口小口喝着热牛奶。我的头脑中产生了这样一个念头，就是母亲的死本来是可以避免的。我想到塞顿医生是怎样总是匆匆忙忙地,把照顾病人的职责全都交给护士。我也记得父亲总是用无休无止的需要,把母亲搞得精疲力竭。在小说中,你完美地重塑了父亲的形象,描绘出他用充满饥渴的鸟喙吸干了她所有的能量。现在,无论他再怎么哀哭,她也听不见了。

玛丽姨妈的脸扭曲着,做出悲惨的表情。她伸出手来,当我握住时,她突然把我拉到她的胸前,虽然我很不情愿。她胸前黑色的珠链戳痛了我的脸。

"可怜的宝贝儿,"她说,眼珠子向上翻。她闻上去有股子樟脑和冷霜的味道。她紧盯着爱伦下楼,松开我,脱下外套。然后,她陪着我走进了客厅。

"我希望你能答应,"她开口说,同时坐在了炉火边的椅子上。"我希望你能答应,如果以后有任何问题或者麻烦,你会来找我。"她向后一仰,舒舒服服地倚在了靠垫上。"现在,我们来谈谈你的功课吧。是谁在给你上钢琴课啊?我认识一位最了不起的老师,如果能给你上课,她会十分高兴的。我希望你看中的,不会只是那个该死的瓦特夫人。"

很多年以后,在皇家艺术院,萨金特①说他觉得我的油画色彩

---

① 约翰·辛格·萨金特(1856－1925),生于佛罗伦萨,在英国和法国度过大部分时光,后申请了美国国籍。以肖像画享誉画坛,也是美国第一位用印象派技法画户外景色的画家。后致力于壁画和水彩画。代表作品有《亨利·怀特夫人》《康乃馨、百合、蔷薇》及波士顿美术博物馆壁画等。——译注

太灰暗了。然而，对我来说最能唤起对这段时间的记忆的那幅画，除了沮丧就没有别的。一根黑色的线条斜着穿过整个画面，把上面几乎显得单调的蓝色部分与中间朦朦胧胧的一团白色分割了开来。我当时在画画的时候，眼里看到的是沙滩与大海，但是现在重新审视这幅画，看到的却是别的什么东西。蓝色与白色被如此决绝地区分了开来，好像画面表现的是两个截然不同的世界。在前部，就在左手边的角上，在沉闷荒凉的白色对面，是一个黄褐色的三角形，或许是一块岩石。有两个人坐在岩石的阴影下面。其中一个比另一个显得大一些，从衣着和姿态上看起来像是一对母子。这对母子背对着我们，我们只能看到母亲外套的后部，以及她的帽檐和帽顶。孩子的衣着和母亲类似，只是帽子戴得有点斜，显出活泼的样子，因此和母亲的轮廓显得完全不同。这一抽象的形式代表了空洞，仿佛母亲的生命力已经彻底消失了。在这对母子的对面，就在右边，靠近那条划出边界的黑色线条，是一大团明亮的色块组成的图形。在它的前面站着一位身穿蓝衣的女子，长长的头发一直垂到背部。在她的脚边，坐着一群孩子，正在专心致志地玩耍。我想到了母亲过去换衣服用的小浴室，可是当我再次去看的时候，它又不是我看到的模样了。当我今天看着这幅画时，最吸引我注意的是这个孤零零的图形所显示出来的那种虚无缥缈而又灿烂夺目的样子。孩子们可以把他们的注意力集中到那里大片的开阔地上去，而母亲却悄然滑入了那片蔚蓝之中。但是，我却从未想象过母亲在天堂中的模样。

"你想她吗?"我一开口,就知道说错话了。斯蒂拉的头低了下来,埋到她正在缝的衣服上,竭力想藏起自己的悲哀。我想把自己的话收回,消除自己的蠢话造成的伤害。自从母亲去世之后,斯蒂拉便成为我生活中不可或缺的人,我愿意付出一切来避免她受到伤害。我知道她有多么疲倦。我听见她夜里起来去照料父亲,抚慰他由于悲痛而一阵阵发作的歇斯底里。现在也是斯蒂拉在照料整个家庭的事务了。我意识到,当她放下手中的针线活,仰起头来休息的时候,她脖子的曲线和母亲坐着的时候一模一样。

"吉尼亚①昨晚上睡着的时候又叫起来了,"转换话题的计策成功了。斯蒂拉抬起头来盯着我看。

"你能听清她在说些什么吗?"

"听不大清。"

"我会再和塞顿医生谈谈的。"斯蒂拉显而易见很关切。我没有选择,只得继续说下去。

"我想她说的是'站直了,山羊'。"我和斯蒂拉就像是两个母亲,因共同的焦虑而联合了起来,急于承担责任。

"我不知道她是什么意思。"斯蒂拉拿来剪刀,剪去了线头。她举起衣服检查。

"让我欣慰的是,父亲终于同意阿德里安不用离家出去上学了。我觉得他会受不了的。"她把衬衣整整齐齐地叠好,拿起那堆衣服里的另一件来缝。

----

① 为姐姐文尼莎对妹妹弗吉尼亚的爱称。——译注

26

"你怎么样,尼莎?你的绘画练习得怎么样了?我喜欢你画的那些百合花。"我因欢喜而涨红了脸。我正在编结的领圈周围似乎突然出现了一道光环。我想着那些百合花,花瓣精致的线条,和它们纯净的、仿佛喇叭一样的姿容。这些日子以来头一回,我感到了希望的光芒。

你正站在窗台上,两只胳膊伸开,就像一个复仇的天使。当我向你走近的时候,你瞪着我尖声大叫,威胁说如果我再靠近的话,你就要打破窗玻璃跳出去了。你手里抓着什么东西,正打算把玻璃砸破。地板上,有你砸到墙上掉落下来的碟子的残片。你停止了尖叫,我看到你的身体在颤抖。慢慢地,温柔地,你由着我把你带回到床上。

桌上有一只斯蒂拉放在那里的苹果,我画着它的素描。你面朝下躺着,看上去睡着了的样子。不时地,我却听到你的抽泣声。你已经有两天没有吃东西了。有亮光透过窗户直射进来,在地板上形成了一道道的阴影。

"它会把我们都毁掉的。"我停下画笔,抬起头来。你用双肘撑起身体,凝视着洒落到你枕头上的阳光。

"你要我把窗帘拉上吗?"我的声音像是在耳语。有一段时间了,这是你第一次说得清楚的话。

"好的。"

我站了起来,拉上了窗帘,然后又回到你的床头。你转过身来面对着我。

"她要我站直的。"你一个字一个字地吐出这句话来,仿佛这些字眼构成了一个你已经不指望找到答案的问题似的。

"你觉得鸟儿们是不是正在为她唱歌?"

我坐到床上,抚摩着你的头发。你在我怀里脆弱得就像一个孩子。

一周里有三天,我可以逃开去。噢,听到前门在我身后重重地合上,我像箭一般地奔向熙熙攘攘的街道,那是一种怎样狂喜的心情啊!我骑着自行车沿着女王门街前行,清风吹拂着我的面颊。我匆匆忙忙地从闲逛的情侣、照看孩子的保姆、前去上班的穿灰制服的男人们身边擦过,感觉自己的生活中好像有了一个目标。

桌子被排放成半圆形。它们当中有一根圆柱,上面有一座大理石的半身胸像。绘画教师寇普先生挨个儿在我们的桌子旁边停下,观看,提出建议,偶尔也为我们改动一下线条。我们对着面前的胸像沉思默想,全神贯注,四周一片宁静。我们努力要做到的,不是把胸像复制到自己的画幅上,我们并不想这么做。我们只是竭力想传达出自己看到的是什么——人像与他周围的空间的关系、光线投射的形式、面颊上擦掉的部分——这一点绝对是更加困难的。

胸像的脸是一位希腊女神的——是月亮女神阿尔忒弥斯,或者,也可能是美神阿佛洛狄忒。我专心研究着女神的下巴和脖颈,努力理解它们之间的关系。寇普先生走过来站到了我的身后。他观看着,但并没有打扰我。他知道,我必须自己过这一关,因此又走掉了，留下我一个人继续挣扎。

我沉浸在我的绘画世界里。我努力与空间和形式、光明和黑暗、轮廓和肌理搏斗。在这一切进行的过程中，我忘掉了你的痛苦、父亲的凄惨和斯蒂拉的照料。

时针迅速地向前移动。最后，我终于站起身来，退回几步端详着自己的作品。我审视着鼻子是怎样隆起、嘴唇是如何弯曲、胸部和肩膀倾斜的地方又是如何勾勒的。我点点头。我对自己的成绩感到满意。我赋予了自己的女神以生命。

光线从彩绘玻璃窗外透了进来，洒落在教堂的石头地面上，好像跳起了彩色的舞蹈。我无论向哪里看，看到的都是人们紧张的脸，不时瞥一眼新娘。杰克已经站在了圣坛的位置上。我们和斯蒂拉一起在前厅等着，竭力缓解着父亲的不满，因为他觉得自己就要被抛弃了，同时还要注意观察牧师发出的信号。最后，管风琴声终于响了起来，队列行进了，我们沿着教堂中间的通道向前走去。

我无法把眼睛从斯蒂拉的身上移开。她身上似乎发生了什么变化。我看着她挽着父亲的胳膊，走在我的前面，对聚到一起的客人们点着头。我搜肠刮肚地在想词儿来形容她。她就像是一个被从沉睡中唤醒的梦游的人一样。后来，她终于站到了圣坛杰克身边她自己的位置上。她不再是一个被责任压弯了腰的少女，而变成了一位成年女性了。从她的誓言中，我听出了一种暗含的承诺：即便母亲不在了，生活也还是会继续下去的。

这只鸟真是栩栩如生,我心想。我把素描簿拉到我面前来,研究着上面的图画。我对它线条勾勒之准确、羽毛形状之精巧,以及对鸟眼、鸟喙和下巴观察之完美而深感困惑。意识到我的钦羡之情,托比又翻了一页,我看见了一连串同一种鸟的小型图画。

"这些是我开始的时候画的。我知道自己要的是什么,不过总的来说,开始的时候试着从不同的角度来画还是会容易一些。"我非常理解托比的意思,点了点头。

"对啊。我经常发现,我只有在画的时候才能知道我要怎么去做才好,即便我心里非常清楚自己想要的究竟是什么。这就好比我首先不得不丢掉所有其他的选择似的。"托比没有答话,而是指给我看他的另一幅草图。这一幅画的是一只知更鸟,它红色的胸脯被蜡笔勾勒得异常鲜明。

"我对付这幅画可花了不少时间。没办法搞定准确的颜色。"

"用蜡笔是困难啊。"我很是同情。

"没错,很困难——不过,正因为困难才更有趣呢!大自然是如此的变幻莫测啊。"

我向蜡烛的方向挪近了一点。过去几个月来所经受的苦难似乎就要在我们周围的黑暗中隐去了。托比用胳膊搂住我的肩膀,我倚在他温暖的怀里,甚至能够感觉到他的心跳声。我是多么希望这一刻能永远保持下去啊。

屋子里听到一声摔门的声响,我听到了大厅里的脚步声。你的面容在门口出现了。

"你们原来在这里!"你丝毫也没有掩饰脸上的怒色。"我到处在找你们。你们在干吗?"你走近了桌子,端详着那只知更鸟。

"哦,画画。"你说。

我意识到托比逃开了。

"无论如何,我还是很高兴找到了你们。我一直在重读《安东尼与克里奥佩特拉》。"你的眼睛紧紧盯着托比。"说真的,我不能理解你们说莎士比亚笔下的妇女都是极好的、令人称颂的人究竟是什么意思。在我看来,她们都被剪刀剪得支离破碎的。事实上并没有那么多的妇女像是男人们以为的那样。"

你的话产生了预期的效果。托比看着你。

"胡说!"他的眼中闪出快乐的光亮,因即将展开一场充满智性的争论而充满了喜悦。"他们并不都那么认为。"

"那么说说看,"你刺激他说,"你得证明你的观点和他们的不一样。我可告诉你,他们说得煞有介事、一本正经的呢。我看着克里奥佩特拉对安东尼的梦想,觉得就像有一股子凉气直从背上浇下来似的。即便这样,这也不能证明他们的观点就是对的。"

我不想再听下去了。我走到窗边。我只能看到你映在窗户上的影子。我把前额紧贴在窗玻璃上,随你怎么去说,好像它们并不比外面的雨水更加重要。我看着雨水滴落在玻璃上又往下流,形成一道道的水痕。我知道,晚上剩下的时间里,托比只能被你一个人独占了。你会从莎士比亚到希腊,再从希腊转到浪漫主义,而无论话题转到哪里,我总会被更加坚决地排斥在外。托比的素描本会搁在你们两人中间,再也不会被打开。我一直等到前额凉得就像窗玻璃一样时,才离开了房间。我把门在身后关上,你们谁也没有注意到。

　　信躺在信封里，散发出友情的气息。我一边在烤面包上抹着奶油，一边细细琢磨玛杰丽的话。她为了提高绘画水平，而打算暂时停止一段时间的绘画，这个想法让我很感兴趣。我想到了寇普先生对线条坚持不懈的重视，心里在想自己是否也应该这样做。突然，我想回到自己的画架旁边。你和阿德里安又在讨论什么问题。我知道，如果我还要再待下去的话，一定也会被卷入其中的。因此我吃完烤面包，就把椅子推了回去。你抬起头来看。之前你正在全神贯注地攻击阿德里安，没有注意到我的这封信。现在你看到它了。

　　"一封信！是谁寄来的？"你伸出手来。我犹豫着。

　　"是玛杰丽。"我甚至连这个也不想告诉你。

　　"玛杰丽！她有什么问题吗？我猜她一定长篇大论地说这个事儿，而且错误满篇。我还从来没有碰到过这么个总是把英语搞得一塌糊涂的人哪。她真该得个奖才对！"我没有吭声。阿德里安专心地吃着早餐，心中窃喜终于从你的专制压迫下得以解脱。

　　"让我们听听这封信。我可以找点儿乐子。"

　　杰拉尔德走进了餐室。他坐到阿德里安对面的空椅子上，递给他一个淡淡的微笑。他依然无法宽恕阿德里安作为母亲最小的孩子，获得了母亲最多的疼爱。他听到了你的话，好奇地看着你。

　　"找乐子指的都是什么啊？"

　　"尼莎从神圣的玛杰丽那儿收到了一封长篇大论的信，"你冷冷地说道,"我们都急于听听她最近又遭了什么难。"

"玛杰丽?"杰拉尔德的眉头皱了起来,竭力在想她究竟是谁。

"斯诺顿,"你提醒说。

"哦,是一位画家。对啊,无论如何,让我们听听她要说些什么。有果酱吗?"

你和杰拉尔德坐到一起。我很难堪地盯着我的信封。

"这是私人信件。"我怯生生地说道。

"正是因为这个呢。私人信件才总是让人开心。来吧,让我们听听看。"

我不理你。我把果酱递给杰拉尔德。然后,我拿起信封,站起身来。让我恼火的是,你居然跟着我走出了餐室。

"尼莎?"现在,你的语气中充满了恳求。我知道我没办法不说话了。

"玛杰丽的信是写给我的。我并不认为我应该让你知道她都说了些什么。"你退缩了。你不喜欢我有自己的秘密。

"她有哪儿不舒服吗?"你的问话听上去像是关心,可我还是怀疑这只不过是你的另一种伎俩罢了。我决定坚持立场,毫不动摇。

"她很好。她只不过希望告诉我她的一个有关绘画的决定。"话一出口,我立马知道犯了一个错误。这是在让她进入我们并没有分享的另一块疆土啊。

"你变得不公平啦。我所有的信都给你看的。"

"或许已经到了不那样做的时候啦。或许,我们都到了在家庭之外拥有兴趣和友情的时候了呢。"

你盯着我看。从你的眼神中可以发现,你又冒出了一个新念头。

"不过是玛杰丽吗?她可是几乎配不上你的,尼莎。她只不过是个把生活搞得一团糟的女人,总是跟在她喜欢的人屁股后头亦步亦趋地。她会成为你的负担的。"

对你的嫉妒,我无话可说,转身走开。

"别走!"我听出了你声音中的痛楚,可是却不敢屈服。如果我让你读了这封信,你就会奚落它,把它批得体无完肤,直到再也没有什么能够威胁你的地方。我把信封塞进衣袖,昂首向楼上走去。

"这是她必须承受的事实。"弥娜姨妈把她的杯子放到桌子上。当她伸手去够茶壶的时候,她浆过的衣领发出轻微的声响。"再来一杯吗,莱斯利?"

父亲唯一的反应是用鼻子愤怒地哼了一声。在过去的半个小时里,他一直坐在那里,眼睛茫然地盯着面前空落落的地方一声不吭,偶尔发出一两声呻吟。弥娜姨妈并没有放弃让他开心起来的努力,把他鼻子里的哼哼理解为愿意再来一杯。

"把你父亲的杯子递给我好吗,弗吉尼亚?真是个好孩子。"

你怒视着弥娜姨妈。我看得出来,你已经把她愚蠢可笑的观察力印在心里了。弥娜姨妈还在唠叨下去。

"我看啊,写作对妇女来说是一项好得多的消遣。身体会受到支撑,大家都确信,坐得直直的,对背部就不会构成压力。我总觉得那对文尼莎不好,整天得站在那儿面对着画架。亲爱的,你有没有想过那对你姿态的影响?"

我不理弥娜姨妈。我知道她只是出于好意。我看到你端起父亲的杯子,把它递给了她。你脸上的气恼是不会看错的。

直到后来,我才意识到你的愤怒所达到的程度。在你过生日的那天,你向父亲要的居然是一个斜架,以便可以站着写作。你是绝不会答应我所从事的艺术比你的还要困难的。

我进房间的时候已经很晚了。我一直在努力完成一幅画,结果沉浸其中而忘了时间。尽管我看见你上楼去睡觉了,但知道你不会睡着。我想告诉你作画的时候一直很头疼地面对的难题。

当我推开房间门时,房间里黑乎乎的。我摸索着向你床的方向走去,以便让眼睛慢慢适应这里的黑暗。当我走近时,却意外地看到了一个不同的人形。我很吃惊地发现,那是乔治。他立刻跳了起来。

"你终于来了,尼莎。我一直在陪着弗吉尼亚呢。"他的声音显得很不自然、很紧张,仿佛努力在控制着自己的呼吸。

"好啦,我让你们睡觉吧。晚安,亲爱的妹妹们。我是多么嫉妒你们俩的床挨得那么近。这对你们两个一定都是莫大的安慰呢。"他向门口走去,我听到他的鞋子发出的刺耳的声音。

我来到你身边。你躺在那儿,脸藏在胳膊底下。我的脑中突然闪过一个可怕的念头。

"他没有——你知道……"你回答的声音十分微弱,以至我不得不俯下身子才能听清。

"不。不。不是那样的。"我听出了你声音里的颤栗。

"我在楼下的时候,乔治经常来这儿吗?"

你没有回答,却发出了难以自控的啜泣声。

蜘蛛一动不动地坐在它编织的网里面。蜘蛛网就在窗外,黏黏的蛛丝上缀满了雨滴。太阳照到雨滴上面,雨滴反射出点点光芒。风疾速地刮过花园。突然,传来一声巨大的迸裂声。原来是树上的一根枝条折断了。我瞥了一眼蛛网。蜘蛛还在里面,蛛丝也完好无损。我惊叹于它们的坚韧顽强。看上去,它们仿佛吹一口气就会无影无踪的,但橡树枝掉落下来,而它们却安然无恙。

我走进起居室,意识到了自己创造出来的新形象。我身穿白色的薄纱衣裙,上面装饰着黑色和银色的圆形亮片。它们在灯光下散射出各种光芒,形成一道小小的彩虹。我的脖子上挂着紫水晶和蛋白石串成的项链,头发上别着一只珐琅质地的蝴蝶。我因预料到会有什么反应而感到紧张。乔治正站在壁炉边上。我走进屋子,他转过身来看我。他抬抬眼镜,恭维了我一番。他的这种态度和审视他买来让我每天骑的阿拉伯母马的态度毫无区别。我向你看看,希望从你这里寻求庇护。你正坐在父亲身旁读书。当你从书页上抬起眼睛时,我从你的眼神里看出,我已经变了一个人。

我们乘坐着马车去参加舞会,一路上乔治并没有开腔。他把脑袋倚在扶手上休息,一边抽着雪茄烟。我看着窗外串珠样的街灯。我意识到,某个重大的事件即将发生。

屋子里因为灯光而显得异常明亮。我们在阳台上站了一会儿,俯视着下面地板上跳舞的人们。一对对的舞伴交织成优雅的队列,就像我别在头发上的蝴蝶那般明媚动人。我应该就待在那里看的。我更愿意在我进入这个世界之前先有机会进行观察。乔治把我衣裙上的皱褶理了理,便紧紧抱住了我的身体。

当有人宣告我们的到来时,有好多脑袋向我们这里望了过来。乔治紧紧地抓住我的手肘。他带着我穿过一大群挤在一起的人,然后停在了一个长着一张棱角分明的瘦脸的男人面前。这个人对我是有意思的。

"才来吗,达克沃斯?"两个男人握着手。

"张伯伦先生,请允许我向你介绍我的同母异父妹妹,文尼莎·斯蒂芬小姐。"我看到有一只手向我伸了过来。乔治的热气喷在我的后脑勺上,他一心希望我能听他的。这只手靠近了,显得既专横,又信心满满,而且很不耐烦的样子。我穿着那样的衣裙显得脆弱而又可笑。这时,我暗暗祈求有一个跳舞的人能正巧经过这里,抓住我,带着我转圈离开。我很难堪地握住了这只手。我想不出来有什么话要说。

我们很早就离开了。乔治一声不吭,只是扶我进了马车。我知道他很生气。他一直等到我们已经上了路才开始爆发。

"你能告诉我这是怎么一回事吗? 我想,你是不是以为,让别人难堪很痛快啊。你真的知道他是谁吗?"

我低下了头。透过湿漉漉的马车窗玻璃向外看去,街灯显得模模糊糊、脏兮兮的。

"你的头发也很吓人!你为什么不能把它好好地挽起来呢?你得学着用用那些我买给你的夹子。"

可怜的乔治!我的沉默在他已成功打入的那个圈子里是不被接受的,但是,令人啼笑皆非的是,你的能言善辩在那里同样也不会被接受。那天晚上吃饭的时候,你试图和角落里那个坐在你身边的人讨论柏拉图,结果搞得你们俩都很无趣。要是他没有对我们俩的成功抱有很大希望就好了!要是他能把我们放到社会生活的海洋里撒手不管,让我们自己去走自己的路,而不是像现在这样逼着我们在已经失败了的地方还要继续向前走,事情很可能就会不一样了。然而,现在当我回想起当初那段时间来的时候,我却不能完全责怪他。我怀疑我们该把后来取得的某些成就归功于他的影响。乔治喋喋不休的夸夸其谈、他对我们的地位与义务的无休无止的提醒,迫使我们对本来还有可能是很模糊的渴望下定决心,进行最终的抉择。

假如这是一部小说,而不是一部努力说清事实的书的话,那么紧随在母亲之后的斯蒂拉的死,对作者来说似乎就像是一个充满恶意的过度的负担了。斯蒂拉度完蜜月回来,显得很消瘦,而且毫无疑问是病了。她这个样子完全打消了我们以为生活有可能提供一些新机会的念头。这就好像我们在她举行婚礼的那一天亲眼目睹的新生之态是必须要付出代价似的。她曾经填补了母亲逝世后我们所感到的空虚，可是现在，我们将再度面对这种空虚。在她的生命力逐渐消逝的日子里，我们彼此紧紧相依，而且懂得了幸福只是转瞬即逝的道理。

　　家务事的重担从此落到了我的肩头。没有人告诉我，每天早晨，我必须站在台阶上挥着手，送阿德里安去上学，或者夜里必须端着热牛奶去送给父亲。不过我意识到，如果我不去干所有这一大堆吃力的家务活儿的话，是不会有别人去干的。我不敢让自己去想斯蒂拉。假如我想入睡，一连串吓人的影子就会蜂拥到我的身边。我唯一的避难所就是工作。我不停地画呀画呀，直到精疲力竭，几乎握不住画笔为止。然后我就躺下来，迫使自己在心中继续默想那些画儿。

　　我唯一想见的人，是斯蒂拉的丈夫杰克。他每周的大部分晚上都会回来，我们就一起坐在客厅里。我坐在母亲的椅子里做针线活儿，他则告诉我一天里发生的事情。我喜欢他观察我的样子。

　　"你看上去很疲倦啊，尼莎。我敢肯定你操劳得太多啦，"某天晚上，他这样说。我还不习惯被人那么关心。

　　"我很担心阿德里安。他腿上有一处破得很厉害。我有时会觉得，如果哪里有一块开阔地，哪怕里面只有一处障碍物，阿德里安也会撞到这个障碍物上，把他自己弄得受伤。难道所有的孩子都那么容易出状况的吗？"说出那么多心里话来，这可不像是我。杰克把手伸了过来，温柔地抓住了我的手。

　　"你不应该担起所有这些事的。你父亲把太多的责任交付到你头上了。过去对斯蒂拉也是这样。"我发现,我能够忍受杰克的嘴里提到斯蒂拉的名字。我任由他的手指握住我的手指。

我等待着杰克的来访。一吃完晚饭,我就径直上楼去梳理头发。我先让头发松松地垂在耳后,然后把它们束成一束。母亲是把头发挽起来盘在脑后的,斯蒂拉则高高地把头发盘在头顶上。对这两种方法我都尝试过。你坐在床上看着我,直皱眉头。你意识到我做这一切都是为了杰克,而这是你并不喜欢的。一天晚上,我正试着在胸口别上一枚饰针,你再也忍不住了。

"他不会注意的!你为什么把时间浪费在他身上呢?"你听上去像个任性无礼的孩子。突然间,你大笑了起来。

"最一最一最亲爱的,请一请一请坐下,休一休一休息休息。"我对你模仿杰克的口吃,从中取乐而感到难受。我非但不想参与你的游戏,甚至想抽你。我把你推开,用沉默表示了不满。

我从玛丽姨妈那里收到一封信,里面建议我应该避免再和杰克见面。这真是可笑,我本打算把这封信给烧了。但是后来,我把这封信带到了餐厅,扔到了早餐桌上。托比还在家里度假,看到了这封信。

"怎么回事啊,尼莎?你看上去像是被闪电击中了似的。"

"确实如此。我刚读过这封玛丽姨妈写来的信。她觉得自己有权决定我该交什么样的朋友。"

乔治刚才还在他的梳妆室内打呵欠,这时懒洋洋地踱了出来。

"如果她所谓的朋友指的是杰克的话,那我得说我也同意她的看法。毕竟,这属于某种非法的求婚。男人是不能娶他去世妻子

40

的妹妹的。"

我大为惊骇。我对杰克的感情还从来没有被如此具体地界定过。我看着托比,祈求他的援助。

"你知道,乔治是对的。最好不要再见杰克了。"这会儿,我真的像被闪电击中了。我在恼怒中让手中的刀子滑到了地上。你弯下腰把它拾了起来。

"胡扯!如果法律上真是那么说的,那么这法律就得改改。这几乎并不算是乱伦。"你冷冷地看着乔治,嘲笑他,骗他入你的圈套。托比发话了:

"那都是一回事。我想你该听玛丽姨妈的话。她是好意,假如尼莎真的打算嫁给杰克,那就会制造出最可怕的丑闻。"

"请原谅。玛丽姨妈一片好意,这是从什么时候开始的?"你坚定不移地站在我的一边,这使我很是吃惊。"玛丽姨妈从来没有想过尼莎的幸福。当她写这封信的时候,想到的只不过是她自己的名誉罢了。事实上,让我很遗憾的,是斯蒂拉没能拥有更多的丈夫。或许,假如我们俩分别嫁给了其中的一个,我们就可以破除那条法律了。"你把刀子塞回到我手里,同时对我直眨眼睛。

维奥莱特来访。她不拘一格地穿着衣服,使她高高的个子显得更加夸张。她匆匆忙忙地奔过来拥抱我们。她张开手臂的时候,我忍不住想到,正是斯蒂拉把我们介绍给了她的。维奥莱特在过道上停住,从包里取出一张纸来。我看出那是你写的什么东西。她把纸交到你手上,悄悄说了句什么话。我从你脸上的表情看出,她表扬你了。

我们走进客厅,围坐在壁炉旁边。你坐在维奥莱特脚边,后背靠在她的腿上。维奥莱特一刻也没有停,开始解释她此番来访的原因。

"我一直在想着你们两个,孤零零地被困在这座阴暗忧郁的屋子里。我敢肯定,离开这里对你们来说一定是最好的事情。我已经和奥齐讨论过这件事。你们俩为什么不来和我待在一起呢?至少待一段时间,直到你们找到自己该走的路。我可以照料你们的。"

我看着维奥莱特把手伸出来,抚摩你的头发。你把头枕在她的大腿上,闭上了眼睛。我紧张地盘算着,想到了阿德里安、父亲和托比。好像我已经大声把心里的想法都说出来了似的。

"我知道你们担心阿德里安,不过你们俩谁也没法仔细照看他的。除此而外,你们俩不在的话,男人们会照顾好自己的。"

我微笑了,尽管也想到了父亲手足无措的样子。

"哎,我亲爱的,这件事完全取决于你们自己啊。我敢肯定,这对你们俩都会有好处的。我们可以在一起度过快乐的时光。"

那天晚上,我一直在想维奥莱特的计划。逃离家务职责的期待使这个计划显得很是诱人。

"山羊。你睡着了吗?我们是否应该听维奥莱特的?"

我听到你在黑暗中动了一动。

"这是个荒唐的主意!谁来照料父亲?还要考虑阿德里安!"可是,你的话音里带着虚假的成分。

"我在想,是否可以请卡罗琳姑妈到这里来。"

"卡罗琳姑妈!你知道她有多痛恨父亲!我倒希望不要有什么变化。毕竟,只要我高兴,我就可以见到维奥莱特。"

我没有坚持下去。我不能肯定就能赢你。我躺倒在枕头上,想起了你让维奥莱特抚摩你头发时脸上的表情。我的脑中忽然闪出了一个新的念头。

"我不相信你。我想你只不过要一个人独占维奥莱特而已!"

"进来。"

门一开,面前就是无休无止的纸的海洋。地板上散落的全是上面写满了父亲字迹的废弃的纸。窗帘半拉着以挡住光线,我花了好长时间,才使眼睛适应了这里的昏暗。父亲正坐在书桌后面,周围堆的全是书。在他身后的墙上,是一个个的书架,里面堆满了各种书。面前,则是摊开了的书本,地上,就在他的脚边,书摞成高高的一摞,摇摇晃晃的就像塔一样。我进来的时候,他抬头看了一眼。

"账单,父亲。"

我把账本给他。他从我手上拿过去,沉着脸。他的双眉紧皱在了一起,手指从那一串数字上划过,那些数字,都是我花了好长时间才算出来的。他的手指停留在某一项上面。

"这是什么?草莓!你居然允许索菲在五月份订购草莓!"父亲从这项恼人的支出上面抬起头来,表示了他的疑问。我张开嘴打算解释。我想告诉他,如果我打算否定索菲的意见,她脸上的那种表情是什么样子。我想承认自己缺乏经验。我想从他那里寻求帮助。他的眼睛已经又回到了账本上面。

"三文鱼!你是想说上周二我们吃的是三文鱼吗?看看价格,姑娘!为什么要这么铺张?难道鳕鱼就不行吗?"我盯着地板看。我想到了爬上厨房窗户的常春藤,以及每当我对索菲买的鱼表示不满,她试图说服我时常春藤映在她脸上的那种淡淡的绿色。我的沉默似乎让父亲越说越来劲了。

"你站在那儿就像一块石头!你难道没有什么别的要对我说的吗?"

我想到了你外套上撕开的口子,还有我得想办法挤出来买月经垫和松节油的钱。可是,在父亲限得死死的这些固定开支中,我已经没有办法再往里添进任何一项了。

"你打算把我毁掉吗?"父亲砰地一声合上账本,把它向我推了过来。我在想,如果是乔治或托比而不是我把账本给他看,在男人与男人之间,理性一些,他会不会也这样。

"你难道想象不到,现在对我来说这意味着什么吗?你难道一点也没有同情心吗?"父亲的鸟喙现在正在向我戳下来。我已经感觉到它刺穿了我的皮肤,正在贪婪地祈求同情。

最后,我终于解放了。我出来到了外面空地上,因为自己的失败而垂头丧气。你坐在最低一层台阶上。从你的表情中我可以判断出,你一直在听我和父亲之间的谈话。你的眼中流露出同情,和你没法儿帮我的无奈。

"该死的!"我脱口而出。

从你眼中黯淡下去的光芒中,我意识到自己太过分了。你向别的地方看去。你只是我部分的盟友而已。从你肩膀的姿势中,从你胳膊突然的移动中,我意识到,尽管你承认父亲霸道,但你依然很爱他。

我从面前的纸上抬起头来,试图回眸凝望已经走过的道路。我们共同经过了那段艰苦的岁月,现在对我来说似乎非同一般。我只能对你承认自己的一些感受。也只有你能与我共享自己的梦想。我们虽然秘密地,但却逐渐下定了决心要拥抱一种新的生活,以便让我们都能自由地探索各自选定的艺术。

我们谁都没有意识到,为达成这一目标,我们付出了多少。我们夸大彼此的差异以相互抚慰,声称对对方的领地一无所知。跟你比起来,我总是讷于言辞,因此,在语言艺术这方面我就完全放弃了。我专注的是自己热爱的绘画。

第三章

　　有时我用刀子刺向父亲,有时用他的枕头闷死他,有时,则从摆在他床头桌上的药水瓶里倒出能置他于死地的药来给他灌下去。尽管我有各种各样的方法,可梦想终归还是梦想。我站在大厅里,前门在我面前敞开着,这时我听到了父亲的声音。我在门口站了一会儿,感受阳光照到我脸上的那种温暖。对面的人行道上有个孩子,从保姆的手里挣开,撒着欢儿向前跑去。我真想和这个孩子一起去寻找自由,在父亲颤声的叫唤声中摔门而去。我手里摆弄着帽子。孩子和他的保姆已经从我的视线中消失了。我关上了前门,看着亮光消失不见。然后,我上楼走进父亲的房间。在门口,我停顿了一下,环顾四周。我不想让任何人看见我打算做什么事。我进去的时候,父亲的头转向我。我迅速地、毫不费力地就杀死了他。我机械地干着,他没有丝毫的挣扎。这就好像我们之间在履行某种契约一样。我走到窗前,拉开窗帘,让外面的光线直射进来。然后我醒了。

我们肩并肩地站着,看着抬棺人慢慢地把父亲放进冰冷的墓穴里。癌症最终夺去了他的生命。我从你的眼神中可以看出,你决心记住他从前那么超凡出众时的样子,你将把他的气量狭窄和专制霸道,把他一味从我们这里索取怜悯的行为从你的记忆中抹去。既然我们最终获得了自由,你还拥有这样的感情,在我看来是很奇怪的事。尽管你老是向我投来告诫的眼神,我还是没有哭。我举起托比递给我的铁锹,让泥土洒落到父亲的墓地上。

　　"国王,"你突然说,"在你窗外停下来,把所有讨厌的故事都讲给你听了。"

　　我从椅子里挺起身子,惊异地抬起头来。你举起一根手指,满含责备地指向我。

　　"就在那儿,"你喊了起来,也从床上跳了起来,"罪犯就在那儿。抓住她!"我不知道你说的罪犯指的是谁,但喊声却把护士惊动了,她奔进了房间。她伸出双臂抚慰着你,哄你回到床上去。她做出手势,示意我最好还是离开。

　　我停下笔来,注视着鸟儿啄食格蕾丝撒到草坪上的煎火腿碎片。虽然窗户是关着的,可我还是能听见它们迅速的啄食声。当我把你留下由护士去照看时,你解释说,鸟儿在用希腊语唱歌。你是不会弄错它们在唱什么的吧。

　　我觉得你的疯狂反而让我得到了解脱,虽然这种形式我并不能完全理解。我在听到你乱喊乱叫时,总会到那些普通的事物当中去寻求慰藉。那些事物包括射到你梳妆台上的一缕阳光，还有在天空追逐嬉戏的云朵什么的。这就好像你的影子取代了我的感情，使我能够继续投入自己的生活。

那一年，我们自己去了康沃尔。我记得，天气很棒，托比、阿德里安和我悠闲地在海边逛着，一直走到数英里开外。你不愿和我们一起散步。大海波涛汹涌。我脱下鞋袜，蹒跚地走进泛起泡沫的海浪中。风吹散了我的头发，我的裙子紧紧地贴在身上。我看着汹涌奔流的海水，感到自己可以实现一切壮举。我们散步回来，发现你正躲在起居室里，专心致志地研究父亲的一本藏书。你把窗帘合上了一半。当我们走进阴暗的室内时，托比和阿德里安都沉默了下来。

"吉尼，你在读什么书呢?"你把书高高举起来，我看出那是哈代的一部诗集。

"海浪真是无比壮观。你该和我们一起去的。"这一次是托比挑起了话题。他坐到沙发上，皮肤因刚刚晒过太阳而闪闪发光。

"是啊，我们还想过明天或许可以搞一条船来，到加德瑞维灯塔去瞧一瞧。"托比的兴高采烈也让阿德里安勇敢了起来。你还是一声不吭地端坐着，摆在面前的书仿佛在嘲笑我们。最后，托比把双脚从沙发上挪了下来，站起身来。

"我去看看午餐弄得怎么样了。我简直可以吃得下一匹马呢!"他把一只软垫扔给了阿德里安，两个家伙一道快步走出了房间。我又磨蹭了一会儿，心中有一点负罪感。我刚走到门口，听到你开始说话。

"你们明天灯塔去不成的。天气预报说会下雨。"

巴黎。马奈无畏的单纯。画幅的表面给人以各种色彩都处在同一水平面上的感觉——有紫红色、柠檬黄，还有淡蓝色。光线被注入绘画当中，物体的本质由此被抓住了。

吧台从墙那头弯曲延伸过来，成为整个房间当中最引人注目的地方。它的尽头是大簇的花卉，有猩红色的金鱼草，紫色的百日草，大朵大朵盛开的、有茶碟那么大的白色牡丹花，团团簇簇的满天星的叶片，粉红色中又带有些许微黑的罂粟花，还有长茎的黄色雏菊。沿着吧台一溜，有高高的木头长凳，很多都坐满了人。咖啡馆老板站在吧台的后面，正在酒桶的下面清洗玻璃杯。他是一个胸部很宽的男人，有浓密的黑发，腰部系着一条油乎乎、脏兮兮的白色围裙。在他身后的架子上贮满了各种酒瓶、雪茄盒，还有装烟草的罐罐碟碟。有一位服务生在桌边穿梭，托盘高高地举过头顶。到处是急切的声响，和人们生动的谈话。

托比坐在那里，后背抵着窗户。他浓密的头发披散到前额上。他胳膊交叠着放在胸前，这一姿势暗示出周围的一切显而易见给他带来了快乐。服务生来了，把一筐面包和一瓶红葡萄酒放到我们桌上。克莱夫之前一直在说打算查阅政府档案的事，借此想讨我们的欢心，这时，他停下话头，伸手取了一片面包。他咬了一口，仔仔细细地咀嚼起来。

"法国面包是怎样的？"他把手里的面包举了起来，仿佛这是一件让人敬重的物件似的。"看起来那么普通的东西,在这种欢宴的场合吃起来怎么会那么美味的呢?"他对着我们满脸喜色,咧着嘴巴笑开了,好像在捣什么鬼似的。在他浓密的红褐色头发的映衬下,他的皮肤显得很白。

"甚至都不用加一点奶油!"托比也说了一句凑趣的话。克莱夫又抓住了这个机会,来进一步证明英国人的习惯有多么恶劣。对他言谈的智慧和敏捷,我们大笑不已。他正在高谈阔论的时候,我们的汤到了。我研究着丰富、暗暗的汤色。我辨认出里面有荷兰芹、洋葱,还有新鲜的香葱。我贪婪地吃了起来。等到我抬起头来时,才发现你已经把自己的汤推到一边去了。我意识到你不喜欢这些自己不熟悉的食物,讨厌桌布上的污迹,还有周围餐桌上突然爆发出来的、沙哑的大笑声。你在这里并不开心,你用眼神示意,希望我也和你一样不开心。我看看克莱夫和托比,看到吧台边一个男人正一边快速地打着手势,一边讲着笑话,决定对你不予理睬。

一个女人走进酒吧,手里举着玫瑰花。她对酒吧老板点点头,然后便穿过人群,径直向我们的桌边走来。她已经看出我们是外国人,觉得我们当然会很容易上当。她侧着身子,走到克莱夫的面前。她肩上裹着披肩,披肩上绣着有着异国情调的花鸟。她倚到了克莱夫的身上,开始用手去摸克莱夫的脸。对于这种奔放,克莱夫大笑了一声。

"好多玫瑰啊! 真是漂亮极了! 我要这么多!"能有机会说说法语,克莱夫的得意显而易见。他拿出钱包,掏出一把法郎放到桌上。女人给了他一些玫瑰花。

"先给女士们,"克莱夫研究了一会儿玫瑰花,然后伸手扯出其中的两枝。他动作夸张地把其中一枝献给了我。我对紧紧贴合在一起的曲线美妙的花瓣,还有花儿那鲜亮的红色感到惊奇。你则把克莱夫后来递给你的那枝玫瑰插进了自己的玻璃杯里,显得无动于衷。克莱夫选了第三枝玫瑰,掐去花梗,把花儿插进了托比的衣服扣眼里。女人撸过桌上的那堆硬币,带着她的花儿,又走到旁边的桌子那里去了。

"这正是我热爱法国的地方! 他们对快乐的敏感。他们对鲜花的热爱。这也正是我欣赏马奈的地方。他该画画那个女人——从不同的角度来画。不要搔首弄姿,也不要弄虚作假。我们要让她就像平时那个样子——衣服上有破口子,在桌边穿行的时候摇摆着臀部,有着敏锐的商业嗅觉,对生活又是那么热爱!"

我被克莱夫的热情吸引住了。我们又要了更多的葡萄酒。服务生收走了我们的空碟,又在我们面前摆下了装着烤鱼的盘子。鱼身上因为抹了柠檬汁和油而显得闪闪发亮。从我们雪茄上冒出的烟袅袅升腾至看不见的远方。

一位穿白制服的护士推开了门。你正站在窗口。我走进屋子时,你转过身来。你的头发披散到脸上,看上去已经有一段时间没有换过衣服了。你裤子上污迹斑斑,裙摆上撕开了好大一个口子。我知道最好还是不要对此多说什么。我等在那里,直到护士出去关上了门。我向你走过来的时候,你盯着我的鞋子看。我把为你带来的包裹放到窄窄的床上，打开它。

"这些是你在信中要的书。我跟萨维奇医生说了，可他还是坚持你每天只能读很短一段时间的书。"我把书整理好，放进床头的橱柜里。我注意到你在观察我。你走到橱柜边，挑出一本书来抱在胸前，好像在拥抱一位老朋友。那是瓦特·雷利编辑的哈克卢特①的著作。

"萨维奇想把我整个的都裹到毯子里——要不就是泡到药里头。他难道看不出来正是这些才让我生病的吗？"你手指着一个架子，上面有好几只半空的玻璃杯，每一个上面都贴着标签。

"有巴比妥、氯醛，还有乙醛。用一种让你睡觉的玩意儿来对付洋地黄的副作用。再用催眠药进一步加强那让你睡觉的玩意儿的作用。再以后则是用酊剂来缓解催眠药造成的头痛。所有这些每天都得靠 15 杯牛奶灌下去。"你转了个圈儿，回过头来看我。

"你知道，他还想把我的牙给拔掉。"

我突然感觉很羞愧。我想起了自己写信给萨维奇医生，授权他继续进行治疗的情景。他对你牙上的菌群，以及它们会对你的神经系统造成影响的说法，当时读来似乎是完全可信的。你打开了哈克卢特的书。

"谢谢你。"你的声音听上去可怜兮兮的，就像一个小孩子因得了什么好东西而千恩万谢的。我再也受不了了，伸出手来。

---

① 理查德·哈克卢特(1552？—1616)，英国地理学家，西北航道公司创始人之一，在《英格兰民族重要的航海、航行和发现》等著作中向政府提出各项建议，屡受当时的英国女王伊丽莎白一世的赞许。——译注

我们两个一起蜷缩到床上。我们仿佛回到了小时候,晚上孤单单地待在育儿室里的那段时光,护理之家的墙消失了。你是我的那头公山羊、毛鼻袋熊和耗子。我抚摩着你柔滑的头发,感觉到你的脸和我的紧紧贴在了一起。你的嘴像是在贪婪地吃着什么似的,牙齿则开心地在我胸前啃来啃去。我站起来脱下衣服,你就像婴儿似的开始在我胸口吮吸了起来。我就是你的海豚妈妈,因你的亲吻而黏糊糊、浑身亮闪闪的。我要带你潜入深深的海里,那里,谁也无法伤害我们。

　　我穿过凄凉的房间,手里拿着笔记本,在每一件家具、每一幅画、每一张镶在银框里的照片和装饰品前面都停留一下。我必须从这些我们过去生活中拥有的东西当中做出抉择,哪些是要随身携带的,哪些则是可以抛弃的。在仔细检查过每一样东西,进行筛选的时候,我产生了一种最古怪的感觉,仿佛自己正在告别过去。好像这一过程正在一层层剥去我的记忆。尽管母亲的形象一直牢牢地在我的心里,但我还是打算放弃她的椅子。我的筛选标准既有实用的,也有美观方面的考虑。这把椅子是有用呢还是漂亮呢?如果说它既不再有用又并不漂亮,那我决定还是卖了它。我决心不让再次浮上心头的、母亲坐在椅子里缝纫的形象影响我的判断。

　　布鲁姆斯伯里变得那么声名狼藉了!当时,那里主要吸引我们的地方,是有一幢我们能付得起钱的房子,同时那房子和我们姨妈、姑妈们的家还有一段距离。现在回想起来,我意识到搬到那里是我们生活中的一个转折点。然而当时我做出那样的选择却几乎出于偶然。

我还没办法习惯新家里从窗外直射进来的光线。我跪在光秃秃的地板上，让阳光洒满我的全身。我想在里面取暖，从中得到净化，在光明与温暖中获得新生。

很多东西在这些简朴而明亮的屋子里开始了新的生命。母亲写字台面上那些复杂的纹理和精致的镶嵌图案第一次呈现了出来。我变得好像是第二次在学习怎么看东西了。鲜明的色彩折射到洁白的墙面上，母亲的一条搭在沙发背上的印第安式样的披肩，或一块铺在壁炉边的红色地毯，突然之间都能充满整个房间。有那么多的惊奇。从父亲图书室中带来的皮面的书立在简单的木制书架上，看上去是那么的华美。我打开母亲的照相簿，花了整整一个小时试着把母亲的肖像放在不同的位置，最后还是决定把它们挂到墙上。我看到了之前根本没有注意到的角度，之前从未了解的她的面容的不同侧面。在一个新的地方，即便是属于过去的人也变得不同了。

一面橙色的墙在阳光下灼灼生光，煤烧得通红。我选择的颜色有着丝绸那种华丽的光泽，又有着黑森织物那种粗糙的质感。在我画幅的右上角，有一个淡粉红色的四方形，边缘是蓝色的。粉红色和橙色之间的对峙是激烈的、醒目的、华美的。我在粉红色的色块上又轻轻地抹上了一笔白色，以减弱它们之间的这种关系。我并不打算冲淡整个效果。在画布的左边，我画上了一连串的长方形。有些彼此相连，有些则是单独存在的。我把其中的两个涂成了蓝色——一个是色调浓烈的海蓝色，另一个颜色要稍淡一些，起到一种缓和的作用，就像白色之于粉红色所起的那种作用一样。我对轮廓并不在意。我投入那种让人倒胃口的对细节的逼真描摹已经有很多年了。现在让我感兴趣的，是色彩的冲击力量。我想要的是那种直观的感受，那种你一走进屋子就会产生的对形状与色调的无法改变的整体印象。

在我画幅的中央，我画了一个独立的长方形，有着饱满的、绯红的色泽，周围则是一圈暗红色，和橙色之间彼此映衬。这是父亲和我无畏精神的写照。我把注意力转向留下的那两道栅栏。我把其中一道涂成了绿色，用了一点蓝色，又稍稍加上一点白色。另一道我涂成了浓烈的紫红色。

我对不同的红色之间既彼此对立，又相互呼应的方式深感着迷。有时，当我从画布面前退后几步时，我其他什么都看不到。橙色的影响力在它们之下是怎么变得模糊的，这一点让我很是惊奇。我无法相信过去已经失去了权威。我把注意力转回到中心位置的长方形上。我无所畏惧。我将创造一个自己需要的空间。在这间屋子里，我将成为女主人。

我并没有忘记你。我每天给你写信。我恳求你好好吃饭和休息，忍耐医生的唠唠叨叨。我为你准备了一间书房，为你配好了桌椅，还布置好了你的书。同时，我也很感谢维奥莱特要来照顾你。在你恢复期间，我自己一个人是没法子应付的。

在失去控制的时候，你既有那种无助感，又有操纵欲。你把责任推到我身上，好让自己相信我会还像妈妈那样庇护你、纵容你，虽然我们两个可能都已不再认可那个角色了。我很容易又恢复到以前的那种状态。我得咬紧牙关，坚持不搭理你的恳求。我甚至想法子不让你那么做，但是，我和你却须臾不可分离。

我转动着记忆的万花筒，观察着其中花形的千变万化。要呈现事实的端倪着实并不容易。直面你的缺点既会带来恐惧，也能带来宽慰。神灵慷慨地赐予了你太多太多的天赋。

我现在想想都觉得好笑，当初那么微不足道的一帮人，后来却变得那么的臭名昭著、让人议论纷纷，受到这一批人的敬仰，而受到那一伙人的讽刺。其实一切开始得是那么的简单，而时间却把所有的传奇和嫉妒一层层地包裹了起来。一群小伙子和两个紧张不安、神态很不自然的姑娘围坐在壁炉旁边。假如当初你想到要把这一切都写下来的话，本来是会描画出一幅精彩的画面的。你会运用出色的观察能力，以活力与智慧，以你直达事物本质的天赋才能，用寥寥数语就描摹得活灵活现。你会注意如何去表现萨克森①那把卷得非常精致的雨伞、利顿②那轻快而又古怪的发音，还

----

① 萨克森·西德尼·特纳(1880－1962)，毕业于剑桥大学三一学院，"布鲁姆斯伯里文化圈"重要成员，曾任职于英国财政部。——译注
② 利顿·斯特雷奇(1880－1932)，毕业于剑桥大学三一学院，英国著名的传记作家和历史学家，"布鲁姆斯伯里文化圈"核心成员，以所著《维多利亚女王时代四名人传》和《维多利亚女王传》等而闻名。——译注

有伦纳德①那双颤抖不已的手。你会细细呷摸那些长长的而又让人局促不安的沉默，那是经常在争论结束后会出现的情形，还有某人清嗓子时的声音，注视着地板的眼睛，然后则是突然冒出来的一句评论的话。美，要不就是真理等词儿以不同的方式被灌入你的耳朵，直到一套完整、详尽的观点以及对它的辩驳被充分表达出来为止。

我兴奋地看到你也完全投身其中。我和其他所有人一样，被你新颖独到的思想所振奋。我们再度成为了盟友。我是殷勤周到的女主人；你则思想机敏、词锋犀利、勇敢无畏。我开心地看到其他人都向你这边俯过身子，急切地想听清你的高论，并深受启发。我为你的胜利而喜悦。你的游戏在我管辖的地盘上进行，也是为了让我开心。我成了自己家中的女王。

我因只关心小圈子而受到了责备，因为我不想向更大的圈子敞开家门。我并没有向谁道歉。我们曾在其他人的统治下生活得太久。现在，能够自行选择和谁交往，并以怎样的方式交往，我们深感自由的甜美。

我现在已经老啦。我的指节因关节炎而弯曲。我看着自己的手，竭力回想当年它们肌肤平滑、手肘圆润饱满的样子。现在，我总算意识到它们是很漂亮的，总算意识到它们的感性与活力啦。

---

① 伦纳德·伍尔夫（1880－1969），毕业于剑桥大学三一学院，英国作家，出版家与政治活动家，"布鲁姆斯伯里文化圈"核心成员，弗吉尼亚·伍尔夫的丈夫，霍加斯出版社的创始人之一，曾任《政治季刊》编辑，著有长篇小说《丛林中的村庄》等。——译注

当时的我对此却并不以为然。我们被振振有词地一再告知，某某人很有魅力，这种魅力仿佛上升为一种责任，一种必须承受很多苦难才能得到的东西。它阻止了任何我有可能对自己潜在的才情萌生的骄傲。这就并不奇怪，我们为什么只有和托比的朋友们在一起时，才会觉得自在。你有时恶作剧地称他们为"坏蛋"。在他们的眼里，我们的外表是无关紧要的。他们就和托比一样，根本无视我们的外貌如何，超越了性别的篱藩而和我们发展起了纯粹的友情。他们的嘉许宣告了我们的部分存在和性别并无关系。

那并不全是真的。在那些拖得很晚的讨论中，也有一些别的东西在潜滋暗长。它渐渐地探出头来，灼灼生光，仿佛太阳从地平线上升起时最初那一抹粉色的霞光。我以前见到过黎明时分的那种模样，那还是在斯蒂拉和杰克结婚的时候。现在，一切也开始发生在我身上了。

我正躺在沙发上，一块绸布搭在我的胳膊上。这是从我一直在缝制的一条裙子上多下来的面料。丝绸是那种令人惊异的樱桃红色，非常美丽，所以我不忍丢弃。我试过把绸布披到肩膀上，也试过把它当成头巾来裹住头发。你坐在窗口的桌边写着东西。我能听见你的笔尖划过纸页的沙沙声。我想起了前一天晚上的谈话。在谈到爱情这个话题时，利顿的声音打着颤，说话也结巴起来。我从手中的针线活上抬起头来，发现克莱夫在注意地盯着我。有一会儿工夫，他的目光和我的交汇到了一起，我突然感到一阵头晕目眩的兴奋，就像第一次看到丁托列托①的画时那样。我闭上眼睛，重新回味刚才的感觉。当我再次睁开眼睛时，我被自己映在壁炉上方镜子里的模样惊呆了。我的头发被绸布裹着，看上去就像一位女皇，那么高贵、超凡脱俗，斜倚在她的皇座上。我的一只胳膊正弯在脖子后面，使得我肩膀和胸部的线条更加分明。我显得那么性感，像是一位爱神，勇敢而充满了爱欲。

你也看到了我的样子。你已经停下了笔，被我的魅力迷住了。我们四目相接，停留了一会儿，然后你把目光转开了。你重新开始写作，眉头因恼怒而紧皱起来。你不喜欢现在这个你已经不熟悉了的姐姐。我已经滑出了你的控制。我红色的丝绸头巾虽然只有薄薄的一层，却把我们分开了。和你一样，我也被自己映在镜子里的样子吓住了，却不能把眼睛移开。我想再磨蹭磨蹭，好好地研究研究这个新形象，探索一下从未尝试过的可能性。我听着你钢笔在纸上愤怒地划过时的声音。

我正在画一幅板面油画，画板很大，足够画一幅斜靠着身体的裸体画了。我让人物的双臂环抱着头，两边的弧度彼此呼应，然后又画出了和身体贴得很近的胸脯和大腿的轮廓。我让人物躺在波浪般起伏的蔚蓝的底色上。我想制造这样一种效果，即她会被以为是在水里，或者是在空中。我调着颜色。我在粉红中调入了灰

---

① 丁托列托（1518－1594），意大利文艺复兴后期威尼斯画派画家。早期作品受米开朗基罗影响，后转向风格主义，作品有《圣马克拯救奴隶》、《最后审判》及天顶画《铜蛇的勃起》等。——译注

色和白色,又加入了少量的紫色和金色。我想让人物的肌肤看起来异常鲜活,就像刚刚被剥了壳的贝类似的。我用青绿色和深蓝色迅速地填满人物上方的空间,以造成强烈的冲击感。我并不想让人们把注意力从人物身上移开,只是想填满这个空间。我退回几步,定睛细瞧已经完成的工作。人物上方的那块地方还是显得太空了。我又看了看调色板。我决定把所谓的逼真感完全抛开。我的画刷渴望着红色。我挤出绯红色到调色板上,用刀子把颜色调匀。这一次,我开始在这块地方大展身手了。我把弧形画成了罂粟花,大簇大簇地盛开着。它们黑色的圆形花蕊和红色交相辉映,显得异常生动。还有什么东西忘了。我的画刷上还剩下一点画花蕊用的黑色,于是我在罂粟花之间又画上一条线,将它们连到了一起。我退后几步仔细观察。很好,这条线将所有东西连成一个整体。我的画完成了。

　　他们走进屋来,三三两两地。亨利挽着尼娜的胳膊走了进来,后面还跟着贝阿特丽丝和卡。我还注意到格文正和玛乔里在一个角落说话,而玛丽和西尔维娅则站在窗口。这里没什么规矩。今天,克莱夫同意谈一谈艺术中的情感这一话题,但我还不急着好戏开场。我坐在一张长凳上,环顾四周。这里的一半客人热爱来自法国的新鲜事物,另一半则被它们吓坏了。我才不介意呢。重要的是,我们关注的是艺术。我想起了父亲嘲笑绘画只是文学的一个私生姐妹的那种神情,猜测你会什么时候进来。你已经明确宣告,你不喜欢我的周五聚会。早餐时我问你是否愿意听一听克莱夫的演讲,你的唯一反应是让我明白,你正在写的文章有多么重要。我一直等到大部分客人都到了,才示意克莱夫可以开始了。他坐到壁炉边他的座位上,要大家安静下来。

克莱夫刚开始演讲,你便出现了。我早就知道你是不会错过的。你坐到门口的一块软垫上。我甚至知道你是被克莱夫要说的什么话吸引到这儿来的。我看见你向前倾着身子,急切地想听得更加清楚。虽然你喜欢嘲笑画家,我感到克莱夫关于构图的观点还是迷住了你。等他的发言一结束,你马上会回到自己的屋子里,细细重温听到的一切。你会把他的金玉良言运用到自己的写作中去。无论你再怎么装模作样地表示轻蔑,还是我的艺术让你看清了道路。

白色亚麻质地的衣裙和灰色毡帽很是相称。白色的阳伞也在绿色的背景中列成了一行。我们和维奥莱特站在甲板上,看着英格兰的悬崖渐渐消逝在浓雾之中。这次旅行是要实现一个梦想。已经有好几个星期了,我一直在专心研究希腊建筑和雕塑艺术,去大英博物馆参观古希腊艺术展。我们正在返回文明的摇篮。我们要自己旅行到佩特雷,在那里和托比以及阿德里安会合。我盯着轮船在明亮的水面劈开的波纹,打算理一理自己的思绪。我已经拒绝了克莱夫的求婚。尽管我确信这是一个正确的选择,他信中的言辞还是在我脑海中轰响,仿佛船边的漩涡或者海岸从我们视线中消失时,我突然有的那种晕船的感觉。并不是我不喜欢克莱夫。相反,他的随和平易与慷慨大度,他处世不惊、寻找快活的能力,一直以来都是我欣赏的品格。我想象着他坐在壁炉边,旁征博引地高谈阔论的样子。较之于别的一些人那种拘谨的谈吐,他真正给我带来了安慰。我还想起了他看我做针线时的那种眼神。虽然甲板上很温暖,可我却颤栗了起来,裹紧了外套。我不想结婚。我不想放弃我们刚刚拥有的自由。我们才刚刚开始出航。我还没有准备好就此返航。

我的思绪和远方的天际线一样起伏不定。你对我的入神感到很奇怪。我们的船沿着亚得里亚海向前航行,我画下了大陆山坡上那一堆乱七八糟的房子,还有九重葛和木槿花粉色和橘红色的图案。

我们甚至还没有抵达港口,我就感觉到有什么地方不对劲。当我们离船登岸时,一种强烈的忧郁感攫住了我,以至于从船舱到踏板的那区区几小步路,似乎也变得不可思议的遥远。我的两条腿好像要踏到水里去似的。我的思绪纷乱,不断想到过去谈话的片言只语,记忆的碎片也纷纷涌上心头,仿佛被狂风袭击过的树篱。一个个影子从大海深处浮现出来,飘飘忽忽地,一会儿又消失得无影无踪。母亲穿着绿色的衣裙在海面上忽隐忽现,消失不见,后来那绿色又变成了你忧郁多思、翡翠般色泽的眼睛。我还看见了斯蒂拉和父亲。喧腾的海浪使得阴阳隔绝的人们重新得以相见。

现在,当我回首往事时,我会自问,究竟是什么邪恶的命运夺走了我的力量,使我失去了干预的能力。要是当初自己病得没有那么厉害，或许我还可以阻止后来终于发生的事。或许，我的病本身就是一个不祥之兆，预示着那先后夺去了母亲和斯蒂拉生命的恐怖会再度袭来？它难道是庇护我免遭这一新的梦魇折磨的形式吗？仿佛只要失去控制，我就不会遭受痛苦似的。

托比。当我和托比面对面地站在一起时，他的笑容就是我的笑容；当我们在育儿室的桌子下面追来追去，或者抢一个玩具的时候，他的身体就是我的身体。当他被诊断为伤寒时，我根本不相信他有可能死去。我怎么能够承认，自己的一部分已经失去了呢？他没有能从医生们所动的手术中恢复过来，这简直让人难以置信。我凝视着他平躺在那里、等待下葬的身体，他的眼睛已经失去了神采。

是你的痛苦再一次把我从危机中拯救了出来，或者我当时就是这么想的。当你还在啜泣的时候，我已经在生活之路上继续往前走了。我给克莱夫写了信。

我的身体懒洋洋的，非常柔软，因着他的每一次触摸而激动不已。尽管后来发生了那么多事，我还是不会忘记那时克莱夫送给我的礼物。我在头脑中搜寻着各种形象。那些迅速跳出来的形象，比如火，水，或者春天果树上突然绽放的花朵，都变得模糊不清了。这就好比他温柔、灵活的手指慢慢地拂去画面上一层乏味的阴翳，显露出画的色泽与结构，最终使画面上的人物焕发了新生一般。我从不知道身体还可以享受到那么多的快乐。在漫长的午后，我们不断探索着彼此快乐的奥秘。我们在温暖的拥抱中编织着生活,共同抵御一切有关死亡的念头。在那一时刻,我们无可侵犯。

我坐在乔治为我举行婚礼而借来的马车里,欢快的马蹄声预示着一个新时期的开始。我把缎子礼服上的皱褶摩平,心里想着下面我将做些什么。我想起了母亲的告诫,她坚持认为婚姻就是女人生活的目的所在。我正在实现她的预言。想到这一切都是由我自己完成的,我不由感到一阵得意。这个我即将与之缔结婚约的人是我自己选择的呢。

我感觉非常幸福,几乎没办法好好把仪式完成。我们走出教堂时,人们一阵欢呼,我们的头上被洒满了五彩的纸屑。克莱夫挽着我的胳膊,带我穿过一群群的客人,他们都在向我们说着美好的祝词。在前往火车站的路上,我透过面纱,心怀希望,凝视着条条街道。

我们太迟了,没能赶上火车。克莱夫在站台上来来回回地走着,抽着烟。我则在候车室里等着。我坐在坚硬的木头长凳上,环顾四周。我观察着对面墙上钟的指针。我急着要上车。我能听到克莱夫和车站管理员说话的声音。一个男人从窗边走过,抬了抬帽子,表示对我新娘礼服的敬意。我感到很虚弱,突然间害怕起来。我拿起自己的包,掏出笔记本和钢笔。写信让我恢复了原状。我又镇定下来了。字母织出了一条长线,把我和你联结了起来。

"亲爱的山羊。"

第四章

有敲门声传来。克莱夫把毯子拉到我们头上，用手指在唇上示意，叫我不要吱声。我咬住嘴唇，竭力不让自己笑出声来。克莱夫把我的头发绕在他的手指上。

门开了。我们听到了地板上响起的脚步声。

"抓了个现行！"是利顿。克莱夫哀叹了一声。

"该死的，难道一个人就没法子和他妻子安静一个小时吗？"

"哈！现在你在用婚姻的神圣性做挡箭牌了，是不是？我可是相反，宁愿选择感情的诚实性的……说说看，你们的婚房里还有没有没有堆满衣服的椅子啦？"

克莱夫扯开了毯子，我们看见利顿正用手杖的杖尖挑着我的两条短裤。他对我们鞠了一躬，挥舞起那两条短裤，就像挥舞一面旗帜。

"先生，夫人。我坚信你们一定无上快乐。"

我把头倚在克莱夫的肩上，听着两个男人之间开的玩笑。我的勇敢使我自己也大为震惊。我把一只手放到克莱夫袒露的胸口上,想到过去人们的那种刻板僵化的行为方式。我的思绪回到了母亲竭力要求我们自我克制的时光,然后又转回到那些在茶桌边无休无止地谈话的午后。那时,一个人究竟在想什么,谁也说不清。我过去一直遵从别人的指令,只有现在终于获得了自由。在毯子底下,我毫不脸红、肆无忌惮地抚弄着克莱夫的生殖器,把它搞得又硬了起来。在这儿,我想说什么就说什么,想干吗就干吗。我为我们的起居室挑选了深紫色和黄色的窗帘,下决心不搭理玛丽姨妈的邀请。传统的大厦轰然坍塌,倒在了地上。我将以艺术不断探索新的限度。

人物向同一方向弯着腰,他们椭圆形的脑袋靠到了一起。我正在研究他肩膀的角度,和他燕尾服的后面鼓起来的样子。我为他的服装设计了层层叠叠的不同色彩——有紫色、褐色、黑色,还有最淡的那种梨青色。我的舞蹈家一定不能没有生气。他本质上必须具有流动性。女人的身体则紧紧缠住了他,她的腰部和大腿曲线分明。她的手臂以一种夸张的弧度伸出,和他的手臂交错。她倚在他的身上,双眼紧闭,而他则拥抱着她、带动着她。我为她的裙子挑选了用芥子的暗黄色和淡淡的橘黄色调配起来的那种色泽,涂抹出宽宽的条纹。无论如何,她是深受宠爱的。她必须占有最主要的位置。我担心自己的人物失去稳定性,于是又用黑色加强了他们身体的线条,描摹出他们面部的特征。我强调了他外衣的皱褶,还有她的裙子在胸部的黑色波纹。我原来画出来以确定空间位置的网格状画框还清晰可见。我决定依然把它留在那儿。

它使我创造出来的人物留在了另一个世界里。我很高兴，它使我作画时的步骤清晰可见。背景必须富于装饰性，明亮而艳丽。我选择了泥土的色泽——赤褐色、赭色和棕色。我在这一对情侣的周围描出了一个轮廓，基本上呈椭圆形。我的这个轮廓既开放又封闭。这一对舞伴显得很脆弱。他们必须受到庇护，远离这个世界的邪恶。

　　我把薄绵纸拆开，把藏在里面的玻璃器皿放到一个托盘上。是克莱夫在巴黎觅到这些宝物的，我们把它们装在行李内带回了家。它们看上去很有年头了，每一件都不大一样。我把玻璃器皿安放妥当，把薄绵纸放回盒子里，然后环顾四周。我几乎认不出这间屋子来了。屋子里装满了克莱夫带回来的东西。有新的地毯、橱柜，还有椅子。深紫色的窗帘挂在窗户上，它们黄色的嵌线在阳光中充满了生气。每一样东西看上去都是那么的现代与奢华，显得生机勃勃。

　　我为奈莉·塞西尔画的肖像画挂在壁炉台上方。从技巧上说，这幅画还有某些不成熟的地方，但我总的来说还是满意的。我画的是奈莉在窗边读书的样子。她的眼睛、她浓密的黑发都由于她身穿的黑色衣裙和后面垂挂的深色窗帷而显得更加突出。我打算展出这幅画。我已经给玛杰丽看过这幅画了，她认为这是我画过的最好的一幅。

　　你来得很早。你站在门口，注意到屋里的变化。克莱夫在你两边面颊上都亲了一下。你一脸戒备的样子。

"我们正在欣赏你送给我们的故事呢。"我平静的神态发生了作用。克莱夫在你身后一边拾掇别的东西，一边向我直眨眼。

"是啊。我特别喜欢那些说明性的段落，文体不是那么做作。它们拥有一种鲜明的品格，在我看来这是即便某些更具诗性的作品也不具有的东西。"

你因克莱夫的赞美而高兴了起来。你从来无法抵御谈论你的作品的诱惑。

"我经常在想，我是否不应该写下我对事物的第一印象。它们总是更直接地就从脑子里冒了出来。我再读自己写下的文字，意识到有那么多并不是我有意要表现的东西，结果就有麻烦了。"

克莱夫正在看着你。我看见你向他微笑。这是一种我所熟悉的笑容。

"吉尼，我需要你来帮我做饭。其他人马上都要来了。"克莱夫是我的，我绝不允许你把他偷了去。我监督着你进了餐厅，在那里已经摆了一张桌子，正准备举行自助午餐。我递给你一只装有刀叉等餐具的篮子，要你把它们一一摆好，上面裹上餐巾。

我们分别在一边干着活，没有说话。我完成了自己这一边的工作，开始把水果从袋子里取出来。我意识到你在研究我。我把橙子和苹果放到一只碟子里，把它们堆成一座高高、尖尖的山。我瞥了一眼你正叠着亚麻方巾的手，注意到它们非常苍白。我想问问你过得怎么样，可是又不敢。我摘下一串葡萄递给你。你摇了摇头，于是我把葡萄送进自己嘴里。舌头上感觉到葡萄汁又苦又甜的滋味。

我们又回到了客厅,好几位客人已经到了。葛文因我的画向我表示了祝贺,我陪着她走到壁炉那里。克莱夫把一张唱片放到留声机上,这是他带回来的另一件礼物。尼娜把亨利拖起来跳舞。我感觉到克莱夫的胳膊正搂着我的腰。我裸露的肌肤能感觉到他手掌的温暖。克莱夫带着我在地板上穿行,我柔软的裙摆飘动了起来,就像是一把折扇。阳光从窗外直泻进来,我知道每个人都在盯着我看。音乐声停了,我在克莱夫耳边说了句悄悄话。他点点头,向你走了过来。等卡重新把音乐放起来时,我看到克莱夫用胳膊搂住了你的肩膀。你跟着克莱夫的步子跳,笨拙地模仿着他的样子。伦纳德过来和我说话。当我再次看你的时候,克莱夫已经在和玛丽跳舞了。哪儿都看不到你。

我在大厅里找到了你。你正在穿外套,扣着扣子。

"你不要走啊。"我站到你的面前。你生气地瞪着我。

"你要他那么做的吧。你存心要让我显出一副蠢相。"

我耸了耸肩。"我原以为你愿意有谁请你跳舞的。"

"我并不要你怜悯我!你多么不公平!你拥有了一切——克莱夫、钱、想要你为他们画画的人——可我却什么都没有……"你的声音打起颤来。你的身体略略向客厅的方向转过来。"你一定想看看我们大家有多么崇拜你。"

我盯着地板。我不知道说什么才好。

"尼莎……那天晚上,我想到了母亲。你还记得吗,她去世的时候,当别人来把她的遗体抬走时,有多么吓人吗?"

我喘不过气来了。我仿佛看见几个男子抬着母亲的棺材下楼的时候,我们两个紧紧贴在一起的样子。我重新振作了一下。我决心不让你把我拽回到过去。透过开着的门,我听到传来的音乐声。

"你会找到某个人的。只要你愿意,甚至明天你就可以结婚。"

我看到了你脸上的惊异表情,把视线转回屋内。

"瓦尔特明显被你迷住啦。他几乎一直在盯着你看。只要有人愿意听,利顿也总会乐意告诉他,你是他所知道的最出色的女性。"

你现在盯着我看了,你的脸涨红了。

"你很漂亮,山羊。男人们对你都很感兴趣。他们所需要的只是你稍稍给他们一点儿鼓励。"

我伸出胳膊。你脱下了外套,和我依偎到一起。我领着你回到了舞会上。

是什么话这么说的,你越讨厌什么,就越是躲不开那个东西的?你总是嘲笑我,说我喜欢夸张,可我实在没法子不说说克莱夫府上有多么可怕。就像我们过去那样,成长过程中会碰到很多麻烦事,但我们也获得了补偿。我们被辛勤劳作而获得的成就所包围。很久以前,我们就被灌输了"梅花香自苦寒来"的道理。可克莱夫家人所住的这个地方不可能再有更大的差异了。我该怎么来形容这里的无所事事、死气沉沉、奢侈无度而又缺乏品位呢?克莱夫的父母姐妹的势利和偏见使得我们每一次的接触都变得那么的让人讨厌和痛苦不堪。因克莱夫的坚持而不得不延长的这次拜访,成为我们婚姻中的第一个障碍。我习惯了每天有好几个小时的绘画时间,可现在不能这么做了,感觉很痛苦。我变得烦躁不安。我开始梦想着逃跑。

我是多么的想你!我坐在梳妆室里,盯着我的调色板。我已经把这个地方改造成一个临时的工作间了。透过敞开的窗户,我听到克莱夫的妹妹在组织骑马,她的声音清脆尖利而又盛气凌人。我走过去关上窗户。我再也无法忍受听到这样的声音了。我已经和克莱夫争吵过,这一点让我很是烦恼。我想向他解释自己是多么需要有规律地作画,但克莱夫的唯一反应就是讥笑。他说在他看来,假如事情发展并不顺利,那么最好还是就此罢手的好。我开始蔑视他半心半意的工作态度了。克莱夫虽然天资聪颖,却很有可能不会有任何值得注意的成就,我很担心这一点。我想起了父亲在书房内长时间伏案劳作的情景。母亲尽管事务缠身,也总是尽心竭力地去照料别人。他们在我们面前树立起来的是奉献和专注的榜样,但我知道这些话对克莱夫来说只不过是耳旁风。

一切就发生于早餐之后我们两个单独坐在梳妆室内的时候。我试图说服克莱夫不要陪其他人,而和我待在一起,写点东西出来。我们彼此陪伴,默默地工作了有 20 分钟。然后,克莱夫把书扔到了一边。

"这真是荒谬!我觉得自己就像一张破报纸一样根本没法儿产生灵感!"

我抬起头来。

"你需要耐心一点。再好好工作一会儿,灵感就会冒出来的。"

克莱夫接受了我的建议待了一会儿,我们又处在安静之中了。我继续调配着我的颜色。最后,克莱夫终于失去了耐心。

"噢,来吧,尼莎!天气多好哇。比待在这儿傻傻地不动强多啦!我们和别人一起去骑马吧,然后在什么地方停下来吃午餐。你觉得怎么样?"

我盯着地板瞧。我们昨天骑过马了,前天也是。如果我向克莱夫屈服的话,今天不会再有机会画画了。我想起了以前在家里的暖房内,和你一起在工作中度过的所有那些时光。当我停下手来端详画作的时候,你的笔尖在纸上划过的沙沙声总是激励着我需要继续努力。我叹了一口气。

"你去吧。我愿意在这儿待着。有好多人在那儿骑马。没有人会惦念我的。"

我把调色板里的颜色准备好。我一边洗着颜料刷,一边向窗外望去,看见克莱夫正手挽着一个引人注目的黑头发女人。我不知道她是谁。

我打算继续工作。你的上一封来信正在我旁边的椅子上,我把它拿了起来。在这儿,我是一头在海滩上搁浅的海豚,被困在沙滩上渴望着水。我需要你的文字来让我获得新生。

你形容和阿德里安在早餐时争论的话让我真想放声大笑!你仿佛把当时的场景活灵活现地呈现在了我的面前:你扔出一只鸡蛋,鸡蛋砸到墙上,黏糊糊的黄色蛋液顺着墙呈一条线往下淌。我把信装进衣袋,想象你写信时的样子。当你奋笔疾书的时候,一定微微皱着眉头。我掏出铅笔,开始画你的脸。我描出你双眉的形状,仿佛斧刻一般精致的鼻梁。我发现了你如珍珠般洁白,又透出玫瑰般色泽的皮肤上浓淡不一的阴影,还有你眼中绿色的光芒。我又给你的双唇着了色,使中间的唇弓更加突出。我是多么愿意在那上面亲吻。我已经等不及再见到你了。

你终于来了。我奔出去迎接你。整整一天,我都在等着你来。克莱夫在起居间为我们准备好了晚餐,这样我们就可以逃开他家人的审问了。我陪着你,用胳膊搂住你。你穿着一件我以前从来没见过的海绿色的裙子,领口开得很低。我们一走进起居间,你就坐进了一把扶手椅里。克莱夫给你倒了一杯葡萄酒。

"给你。旅行之后你需要这个。"

你举起葡萄酒,对着克莱夫微笑。

"谢谢。实际上我对旅行一点也不在乎。我对寄给你的那一部分又有了新主意啦。你说文风有些过于亢奋,这是对的。我花了所有时间在重写这一部分。"

我告诫自己,如果你想的只是和克莱夫谈谈你的作品,我就不该感到惊异。你们两个因为你的小说而相互通信已经有一段时间了。我知道他在鼓励你。我克制住自己想和你在一起的欲望,努力不去打搅你。

"如果我的评价真有帮助,那我就很开心了。"克莱夫又倒了两杯葡萄酒,将一杯递给我,然后坐到了你身边的椅子里。

"我一直在努力回到我刚开始动笔时有过的那种梦幻般的状

态。我想说明男人和女人是不一样的,但我又不打算说教。我很赞同这样的观点,人不该像上帝那样。我想创造出那种如流水般的效果。一切都在流动,宽阔而又深邃。"

你说话的时候看上去是那么美丽。你向前倾着身子,双目炯炯有神。你做着手势,好像在模仿流水的样子。我看见克莱夫呆住了。

"毫无疑问,你的作品拥有这样一种魔力。我有时读你的作品的时候,好像手里正抓着一只活鸟。我能感觉到它的心跳,然后便狂喜地看着它展开双翅,翱翔在空中。极少有作家能创造出这样一种效果来。"

我的眼前突然出现了你作为一位成功作家的形象,这形象让我感到痛苦。你受到人们的追逐,赢得了巨大声誉,而我的画却无人问津。我感到自己被排斥在外,有了被降了一格的感觉。尽管我已经下了决心,可还是忍不住发作了。

"克莱夫和我一直弄不明白你是怎么拒人于千里之外的!"我转过身来直视着你。"你在拒绝了西德尼之后,有没有和他说过话?"

克莱夫笑了起来。"可怜的瓦特卢!虽然我并不感到意外。现在,你打算找什么样的人呢,我奇怪……"

"哈!有人不满啦。"从你的语气中,我知道我已经弄巧成拙了。有关你的求婚者的话题反而挑起了克莱夫的兴趣。你来了之后,第一次给了我一个开心的笑。

"初恋是难以代替的——所有的海豚都知道这一点。"

我扭过头去。如此公然的宣告让我感到很是难堪。你回过来继续和克莱夫说话。

"至于我打算挑谁做我的终身伴侣这个问题——老实说,我还不知道真有这么个人呢。"

格蕾丝把一瓶花放到我的书桌上,是红、黄两色的菊花,叶子薄薄的,呈现出秋天的色泽。我透过窗户望向花园。几周之内,树叶都会凋零。已经有不少叶子落了下来,在草地上积成一堆一堆的了。我伸出手去碾起一片叶子,看着它在我的指尖上成为碎屑。初秋的时候,我并没有告诉克莱夫自己已经怀孕了。我注意着腹部一点点的隆起,模模糊糊地意识到正在为自己孕育一个新的生命。最后,当我忍不住把这个消息告诉了克莱夫之后,我看着他脸上先是表现出骄傲的样子,随后转为恐惧,最后则显出懊悔的神情。随着我的身体一天天臃肿起来,他对我的态度也一天天疏远。我们不再在午后亲昵,探索彼此身体的奥秘。受到克莱夫冷淡的伤害之后,我索性开始专心致志,把所有的精力都投注到即将诞生的婴儿身上。

假如你有过孩子,你就能形容那种对我来说却似乎总是难于表达的东西,你就会明白如何用语言来传达身体那无言的深处的奥秘。在那里,仿佛有一股无形的力量在控制着一切。我从来没想到,生孩子会有那么多没完没了的疼痛,恐惧与希望都来得那么猛烈,大起大落。我还能记得抱住新生的婴儿时那种恐惧的感觉。

我轻轻掰开他小小的手指,感觉到他的小手马上又合拢起来,紧紧抓住了我的手指。正是在那一时刻,我们之间的契约关系开始建立。这个姿势代表着一种永远的承诺,即对这个孩子的爱与保护。这个誓言,无论是你还是克莱夫,都是无法理解的。

我看着你们两个的脑袋渐渐在牡丹、石竹、高高的蜀葵和飞燕草的后面消失。我的宝宝正睡在摇篮里,终于安静了下来。我本来也乐得和你沿着悬崖上的小道一起闲逛,享受轻风拂过海面的那种滋味。我本来也愿意停下脚步,凝视蔚蓝的海水波涛汹涌的壮观。现在,我可能已经把注意力转到你的谈话上了。我本来可以和你一起讨论利顿的书。我知道,我对宝宝的操心让你很不高兴。我也知道你希望的是我能把他丢下,随他自己去。只要我一把宝宝抱起来,就能看见你脸上那种嫉妒的、不高兴的样子。自从宝宝出世之后,发生了那么多令你失望的事。我试着让克莱夫抱一抱孩子,可是这也激起了他的恐慌。只要孩子一哭,他就烦恼无比。我看着克莱夫坚决地从我身边走开。他不再和我同床了。你已经成为了他的盟友。你为他的感情辩护,怜悯他的处境,激励他。

昨天,我们俩在一起的时候,你责备我把你这个头生子给忘了。你什么时候再吻过我、爱抚过我啦?你生气地指责着,眼看着我把宝宝抱到怀里。你坚持说我已经不再关心你了,虽然邀请你来了康沃尔,其实并不真心希望你来,等等。你抱怨说我没有权利给孩子取名叫朱利安,那是托比的小名。我又邪恶、又自私,简直荒唐到家了。托比可不是要指望我来获得再生的。你一边大叫着会报复，指责我不该什么事情都自行其是，一边奔出去找克莱夫。

是不是这样的？过去在远处向我眨着眼睛，提醒我说它的神秘之处依然难以理解。现在我已经明白了，在你破坏我们关系的努力中，克莱夫是一个心甘情愿的同谋。你陪着他散步，用你编的故事为他解闷儿，用你光彩照人的文字诱惑他。由于有了他的守护，你获得了力量，你的作品开始崭露头角，生机勃勃。人们开始听说你的名字。而对我来说，我部分地需要你赢得胜利。我哄着宝宝，知道你已功成名就，由此获得了一种奇怪的宽慰感。由于要照顾朱利安，我几乎没有精力画画了。我的雄心暂时失去了实现的机会，我因而希望你的成就能够代表我们两人的成就。

你看上去非同凡响。你打扮成克里奥佩特拉的模样，头戴一件金光灿灿的饰物，上身穿着紧身的串珠胸衣，下面则穿着一条很有坠感的长裙。你的眼睛和嘴唇都涂抹得十分鲜明，开始我甚至没有认出你来。你赤裸的左胳膊上戴着一个臂环，看上去活像一条蛇一样。人们都簇拥在你的周围。

我站在一棵装饰用的树的边上，心里正犹豫着要不要到你那边去。只是由于克莱夫的坚持，我才来参加这个聚会的。我没有穿特别的衣服来，站在这一堆打扮得花枝招展的客人旁边，心里觉得很不是滋味。我的衣服不适合这里的场合，自从生完孩子之后，头发也不再像原来那么光亮润泽。我还没来得及决定去留，就在这时，一个我不认识的女人向我走过来。她伸出手来，就像是对一个老朋友一样。她说起话来，我才发现她是美国人。

"真是你！我刚才在这儿还在跟塞西尔说来着，我肯定一定是你。我见过你的照片。你和我想象中的一样可爱。"

我脸红了。已经很久没有人那么恭维我了。

"现在——我们可以近水楼台吗？——告诉我们，你现在正在构思什么了不起的作品吧。我一看见你孤零零地站在这儿，就对自己说，别傻了，莉迪娅，这位女士正忙着观察我们，以便为她的下一部鸿篇巨制做准备哪。谁知道？或许我会成为其中的一个人物呢。虽然我这么说真的很无礼。"

那个女人轻浮地微笑着，我后退了一步。我给搞糊涂了。难道她的意思是我打算画她吗？她觉出了我的疑惑，大笑起来。

"噢，别介意啊！我喜欢开玩笑。我刚才正在想——你知道我是多么高兴能有机会和你说话——是否可以问问你对亨利·詹姆斯的看法。我认为你对《金碗》的评论十分出色。你真的认为他是活着的小说家中最了不起的一位之一吗？毕竟，你们英国有那么多出色的作家啊。给了我们美国人那么高的评价！"

"我很抱歉。你说的是我妹妹——弗吉尼亚——是她写的。我叫文尼莎。我是个画家。"

那个女人瞪了我好一会儿，不相信的样子，然后嘴里不知咕哝了一些什么，匆匆走开了。我看着她走开，心里很高兴这棵树终于可以单独给我提供遮挡。最后，我鼓起勇气，向你走来。

"你终于还是来打个招呼啦。"我研究着你眼窝周围涂得满满的厚厚的金色和黑色眼影。你看上去活像个妓女。你和一个高个子、铜色头发、头戴黑色西班牙花边披肩头巾的女人站在一起，我认出来那是奥特琳·莫瑞尔。你们两人看上去是那么亲密，这真让我觉得诧异。因为我每次听你谈起这位著名的社交名媛时，都是没什么好话说的。你用戴满戒指的手指着我说：

"看你没带着那个小累赘，可真是让人振奋啊。我已经开始在想，你的身体永远变形了——和那个你绑在屁股上的喵喵叫的婴儿没法儿分开了。"

我没有理你，和奥特琳握了手。你对此很不满意。

"事实上，奥特琳和我刚才正在说着宝宝的事呢。我告诉她，我的宝宝只能是纸做的。当然，我指的是纸张和文字。"

你说话含糊不清的样子告诉我，你已经喝得烂醉。

"奥特琳对这两种后代都有经验。我们一直在讨论两种后代的利弊问题。为此付出的辛劳大概是一样的——尽管对创造文字的后代而言，可能还要付出更多的心血——但是，它们却因其他的好处而得到了充分的补偿。无论如何，书是不会长大，也不会因此对上了年纪的作者掉过背去、不理不睬的。"

你的眼里闪耀着胜利的光芒。我环顾四周，想找克莱夫。你似乎读懂了我的心思。

"这会儿，你那位甜蜜的丈夫到哪儿去啦？我打发他取冰去啦。克里奥佩特拉总得有她的安东尼的。啊，他来了，从他艰苦的战役中凯旋啦。他似乎取胜了呢。"

你呼喊克莱夫，他正头顶着一个装冰块用的托盘，费力穿过一大堆的客人。我向他挥挥手，但他没看见。我注意到他的眼睛紧盯在你的身上。

"来啦。"克莱夫把一块冰递给你，然后又递了一块给奥特琳。让我吃惊的是，你挽住了我的胳膊。我勉强地跟着你来到了院子里。我们在喷泉边停住了脚步。

"我很高兴你能来。奥特真是可笑！她崇拜一切艺术家，却从不肯放下她端的架子，她说的每一句话都显得那么屈尊俯就，简直让人难以忍受。瞧她和克莱夫调情时的样子！她就像个恐怖的美杜莎，长着一张巨大的鸟嘴。"

我盯着你看。我不知道自己是被你把奥特琳贬得体无完肤的刻薄腔吓住了，还是为你重新恢复了对我的忠诚而感到欣慰。

我用各种色彩来抚慰自己。我挤出橙色、蓝色和紫色到调色板上，用刷子直接把它们涂到纸上。我并不在作画。我只是想自我安慰。因为恼怒，我用蓝色扫过白色的空白处。整整一个上午，我都坐在窗口观察着，直到看着你们两个散完步回来。我已经平息了朱利安的大哭大闹，想象着你们单独在海边沙滩上的情景。我没有睡好。房间里又热又闷，我渴望着让人心旷神怡的海边的空气。我在刷子上重新加上紫色，继续涂我的颜色。朱利安在他的小床上烦躁不安，我拍了他好一会儿才使他安定下来。突然间，我想用黑色了。我想象着你把手轻轻搭在克莱夫的胳膊上，以及问他问题时双眼向上直视着他的模样。我知道你的幼稚唤起了克莱夫的欲望，他试图亲吻你。我涂着一道道的黑色，以至差不多把颜料都用光了。橙色被分成了几小块，蓝色和紫色也被分开。

这些东西有没有触动过你？那天你在海边走过时，有没有感受到我因自我保护而生出的几近杀人的愤怒？当你抬头远望时，有没有注意到一头鲨鱼用鳍刺破水面，或者一只海鸟用翅尖划过无尽的蓝色长空？当你跟着克莱夫走过海滩，是不是就在那时，疑虑开始侵入你的头脑，让你颤抖和后退？

　　一只瓮形的瓷壶，蹲在一个小小的底座上。没有人能否认它的美丽、宁静、安详甚至是庄严。装饰十分精确，底座上有冠状的叶子，一圈蓝色的花朵环绕在它的周围。瓷壶有着一种难以言说的神圣之感，仿佛会把自身的秘密留之久远。在瓷壶的旁边，我设置了两小件物品。右边的那个是一个塞上了塞子的瓶子，上面还有标签，像是药瓶，父亲过去总摆在床头的那种。我把它涂成绿色，使它显得很有力量的样子，瓶塞紧紧地塞着。左边的那个是一只没有盖的碟子，里面什么也没有装。它看上去好像有一种期待的神情，仿佛已经知道了自己的命运。我把注意力转到背景上。在这里，我需要光线、阴影和空间。我想传递在空白中依然存有希望这样一个意思。在瓷盘、瓶子和碟子的前方，我设计了三簇罂粟花与之呼应。我非常细致、小心翼翼地描画着。其中距观者较远的两簇，我涂成了白色，它们的花瓣合拢着，并渐渐没入了阴影之中。我把第三簇涂成了红色，花瓣的殷红仿佛就像鲜血一样。我并没有看出这些花有什么意义。我不想说哪一簇代表的是我，克莱夫或者是你。我把花梗画得又细又长，平行地纵贯整个画面。我不允许它们之间彼此有任何接触。

第五章

　　我马上认出了他。我缩回头,把自己藏到克莱夫身后,不能确定他是否还能记得我。他远远地在站台的那一头,正在研究列车时刻表。他突然抬起头来,仿佛意识到我正在盯着他看。他的两眼放光,显然认出是我,然后便匆匆向我们奔了过来。

　　我们坐在同一车厢。我观察着罗杰①脸上像是刻出来的一道道线条,他蓬乱浓密的白发,和他黑得就像墨水一样的浓眉形成了令人吃惊的对比效果。他和克莱夫扯着闲话,我则看着窗外,任凭思绪飞驰。我想起了戴斯蒙德和莫莉的晚会,当时我在发现自己身边坐的就是罗杰·弗莱时,是多么惊慌啊。他作为艺术家和批评家的声望、他如百科全书般的卓越学识,还有他在检查我的作品

_____

　　① 罗杰·弗莱(1866－1934),毕业于剑桥大学国王学院,英国艺术评论家与画家,"布鲁姆斯伯里文化圈"核心成员,曾为文尼莎·贝尔的情人。推崇塞尚及后印象派画家的作品。1910年11月首度在伦敦举行画展,将欧陆后印象派绘画引入英国,在英国引起轩然大波。后成为英国先锋派艺术的精神领袖,剑桥大学讲座教授。代表性艺术理论著作有《塞尚》、《视觉与设计》等。——译注

时那些盘根究底的问题,起先都搞得我结结巴巴。然而,那天晚上,随着时间的推移,我对他的感觉却改变了。他鼓励我开口,说服我,让我觉得自己的想法也是有价值的。他的热情引导着我产生了以前根本没有意识到自己还会有的种种想法。随着我们之间的话题从萨金特转到法国画家身上,再转到意大利文艺复兴时代艺术家创造的那些奇迹,以及英国人所犯的种种错误上时,我慢慢变得勇敢起来。到晚餐结束时,我竟然觉得自己打小就是认识罗杰的。在他那一方面,则是他对周围环境的不熟悉,以及不知该如何做出反应的那种勇气,使我们的会面变得激动人心。

我听着克莱夫和罗杰讨论着旅行、相互的熟人以及艺术。我并不打算加入他们的谈话。我盯着车窗外疾驰的列车,以及飞快掠过的鲜绿的田野。但我还是感到了罗杰的善意。我还注意到,一旦他们两人的谈话稍有停顿,罗杰就会转过头来看看我。

再后面一次,我是在伦敦见到的罗杰。他和我们一起在戈登广场吃晚饭。这是昆汀出世后我举办的首批晚会之一,我急于把它办得妥妥当当的。当我们离开餐桌去画室时,罗杰赶过来和我站到了一起。我们就这样面对面地站在冷飕飕的过道里。罗杰先开了口。

"刚出生的小宝宝好吗?"

他嗓音里的温柔击中了我的痛处。突然间,我竟然忍不住哭了起来。眼泪一滴滴滑落到我的脸上、裙子上,再跌落到地板上。自从生下昆汀之后,我所有压抑的情感,所有的焦虑、精疲力竭和内心的痛楚,都涌上了心头并倾泻而出。在这位近乎陌生人的关心面前,我倾诉了自己的一个又一个痛苦。我告诉罗杰,克莱夫对他的两个儿子是如何的漠不关心,我又如何因精疲力竭而没法继续画画了。我还告诉他,新生的宝宝怎么总也不长肉,还有我认为你和克莱夫之间有了私情,等等。罗杰仔细倾听着我的种种诉说,完全理解它们的意思。他认真地思索着。随后,他带我回到了已经空空如也的餐室,和我一起讨论解决的办法。

母亲的项链还像我记忆中的那般美丽。我把它从盒子里取出来戴在胸前时,手都在颤抖。我向镜子里看去,一粒粒宝石都在闪着光芒。自从母亲去世后,我还是第一次戴上她的项链。

克莱夫一边笨拙地打着领带,一边向我走了过来。

"他妈的! 看来我是没法子搞定了。有时它会结得很漂亮,不用费很大力气,有时你想打出个像样的领结时,却费尽了力气也弄不成。"

我扣上母亲项链的搭钩,转过身来。

"过来。我来试试吧。"

克莱夫弯下身子,好让我坐在凳子上也能够到那条领带。在我抬起胳膊系领带时,他爱怜地吻了我一下。我把头在他的胸口挨了一会儿,嗅到了他那熟悉的肥皂和科隆香水的味道。我把领带打好了。克莱夫弯下身子,在镜子里看看效果。

"我都忘了你有多能干了。"

他两手爱抚着我的双肩,手指碰到了母亲的项链。

"它很适合你。我希望晚餐时你的邻座会很欣赏你那可爱的样子。"

我脸红了,很感谢他的恭维。尽管我们讨论过那么多次有关追求自我实现,以及传统有多么虚伪的话题,我还是没能习惯我们要分开来,参加各自的活动这一事实。我问了一个其实自己很不情愿问的问题。

"山羊也会参加晚会吗?"刚一提到你的绰号,克莱夫就闪开了身子。我从镜子里看见他皱起了眉头。

"她肯定会受到邀请。当然,那并不意味着她就会参加。这些日子,她可获得大大的成功啦。人人都想认识她。"

我注意到克莱夫在专心致意地扣他的袖口链扣。我是不会被他表面上的无动于衷骗过去的。我决心再往深里探究一点。

"我有没有告诉过你,她确信昆汀会是个女孩儿? 我说,如果真是女孩儿的话,我会叫她克拉丽莎。她好像很喜欢这个主意呢。"

我咬住了舌头。我居然敢于一口气提到了你和宝宝。让我吃惊的是,克莱夫咧嘴笑了。

"她给我看了几周前写好的一个故事,里面就有一个女人名叫克拉丽莎。如果我是你,我可得小心了。"

我有一缕头发松了下来,克莱夫帮我把它们绕成圈圈盘好。我站了起来,握住了他的手。他轻轻地拍了我一下,像是要让我放心。

"好啦,明天见。"

我看着门在他身后关上,心中突然产生了一阵剧痛。我知道,即便我再喊他回来,他也是不会回头的了。我提醒自己不应该死死地困住他,让他感到窒息。假如我想留住他,我就该允许他拥有自由。我在镜子里直勾勾地盯着自己。母亲的项链在玻璃镜面里闪闪烁烁。我打开搭钩,小心翼翼地把它收回盒子里。我在脖子上围了一条丝巾。然后便下楼去见罗杰。

君士坦丁堡,就像一盘子肥皂泡似的,在天际飘渺得令人难以捉摸。一天早晨,罗杰和我逃开了一个绘画展览去爬山,留下克莱夫和哈瑞两个继续对那些年代久远的纪念碑进行考察。我们在一个橄榄园里支起了画架,看到那些银绿色的橄榄叶和尚未成熟的深翡翠色的橄榄,以及烈日烘烤下褐色的泥土,感到很开心。一个老人骑着一头驴子出现了,他下了驴子,看我们作画。罗杰和过去一样兴高采烈的,马上和他谈起话来,虽然这场谈话主要靠的是手势和不多的几个不断重复的词儿。我们画完了之后,老人招呼我们跟他走。他表示想给我们一点喝的。我们便收拾起东西,和他一起向一座低矮的石头屋子走去。老人消失在屋子里,随后和他妻子一起出来了。他打着手势,表示希望我们能够画一画他的妻子。我们同意了,很高兴能有机会休息一下。经过了烈日的炙烤之后,我们感觉屋子里很凉快。我取出素描本,开始为这个女人画像。老人取出一壶咖啡和四只小小的、上面有花纹的玻璃杯。他给我们倒了黑咖啡,里面还加了好几勺子的糖。咖啡太甜了,我简直喝不下去。我画完了,把画儿给那个女人看。她高兴地拍起手来,为我把她画得那么像而激动不已。后来,她把我带到外面,来到一口井边上，好让我可以洗洗。水好凉好凉，我让水漫过十指。我用丝巾的一角蘸了些水，擦脸、擦脖子。正在我打算擦干手指的时候，突然注意到戒指不见了。我瞪着手指上那一圈微微发红的地方，意识到戒指一定是滑落到冰凉的井水中去了。我的惊慌把屋里的两个男人也引出来了。老人取出一面镜子，我们把它伸进井里，希望能借着镜子的反光确定戒指所在的位置。可是我们找了好几回都一无所获，那个女人放声大哭了起来。我被迫又去安慰她，假装这枚戒指无关紧要。罗杰竭力想让我高兴起来，对我描绘了他看见在当地的集市上廉价出售的所有漂亮戒指。他保证重新给我买一只。我不敢承认，我丢掉的这枚是克莱夫当初送我的订婚戒指。

我躺在我们旅馆敞开的窗户下面，听着从外面传来的声音，一边为我死去的孩子伤着心。我听着孩子们在下面的院子里玩耍，想起了血从我的两腿间流出、止都止不住的情景。我听着女人们用力擦洗地板时讲话的声音，还有其他客人进门向我房间走来的脚步声。各种声音隔着一层纱门传进来，仿佛我和世界已经隔绝了似的。我盯着天花板看，竭力想从上面的裂纹里理出一些头绪来。我看着水漫过我的十指，我的戒指滑到井里去了。我感觉到手被克莱夫握着，同时又感觉到手指压在罗杰肌肤上的痕迹。我想起了罗杰的亲吻中包含的激情，还有子宫因疼痛而痉挛时产生的强烈的负罪感。在那一堆血块中，我看到了一个已然成形的胎儿。记忆中的东西似乎总会在眼前重现，够又够不着，害得我没法去阻止它的发生。然后,各种形象逐渐模糊了起来,直到最后全部混到了一块儿,罗杰、克莱夫和我都变成了可怕的怪兽的样子。我颤栗、尖叫,要怪兽小心点,警告它不要犯下谋杀的大罪。有时,我会言辞尖刻,急于把交缠在一起的身体分开。有时,我又会躺着一动不动,为发现自己的生活变得那么具有复仇性质而低声啜泣。

水。或许是由于土耳其的夏季热得让人难以忍受的缘故,我一心惦记着的就是水。我感到自己正在悬崖上,随时可能跳入崖下的深渊,并永不回头。我看到自己头已经俯了下去,对深渊又是害怕又是向往。我已经不再能控制身体的活动,以及头脑中各种狂乱的念头。只有水能把我做过的事全部淹没。只有溺水而亡才能战胜那些我或许还在想象着的怪兽。

是罗杰把我从那个悬崖边拉了回来。是他用手挡开了我的恐惧,使我获得了安慰;是他的声音召唤着我,使我又回到了生活之中。日复一日,夜复一夜,他坐在我的身边,向我保证说我不会发疯。我依恋他的手、他的声音,还有他对我的信念。它们成为引导着我走向安全之境的灯塔。

笨拙、粗俗、亵渎!我现在依然还能看得见那些标题。罗杰的法国绘画展览所引发的抗议浪潮现在是难以想象的。要理解这一点,你得回到爱德华时代的英格兰,回到那个急切维护传统、憎恨一切变化的氛围之中。对于一个总是将异端邪说扼杀在有统治权的精英阶层奢华的地毯下面的社会来说,某位活力四射、生气盎然的马奈①或者高更②会显得极度的骇人。法国画家们为实验性和个人表达打开了大门。而英国艺术历来神圣不可侵犯的逼真描摹被击中了要害。

一间天花板高高的屋子，墙壁都是白的。那一幅幅画作让我产生了强烈的晕眩感，迫使我眯缝起了眼睛。因为病了好几个星期，我依然十分虚弱、站立不稳，起先，我甚至没法去接受色彩与形状有那么多的不和谐。当我重新抬起眼睛时，刹那间，我被深红、黄色和一道道的蓝色搞得眼花缭乱。我喘了口气。我还几乎从来没有见过如此激动人心的东西。一股兴奋之情从我胸中涌出，好像那一幅幅画触动了之前还从来没有人拨动过的琴弦一般。

罗杰挽起了我的胳膊，带着我来到了一幅塞尚③的风景画前面。乍一看去，这幅画的用色比起其他油画的用色来要显得温和素净，但是，即便如此，我还是无法完整地去看它。相反，我把注意力放在了右下角的一小块赭色上，辨认出它是由白色、黑色和灰色这三种颜色创造出来的效果。它很可能是一些农舍。我注意到画笔是那么的精致，颜色一层叠加在一层之上，以至尽管农舍只是画家暗示出来的东西，却创造了一种从整体上看十分重要的效果。

---

① 马奈（1832－1883），法国画家，革新传统绘画技法，对印象派绘画产生了重要影响。他的画风色彩鲜明，明暗对比强烈，尤其擅长表现外光及肖像，主要作品有《左拉像》、《奥林匹亚》等。——译注

② 高更（1848－1903），法国后印象派画家，醉心于"原始主义"，作品有《黄色的基督》、《两个塔希提女人》等。——译注

③ 保罗·塞尚（1839－1906），法国画家，后期印象派代表，认为自然物体均与简洁的几何体相似，对运用色彩和造型有新的创造，代表作有《玩纸牌者》、《圣维克图瓦山》等。——译注

我能从罗杰搭在我胳膊上的手掌的压力中,判断出他和我一样都入迷了。他慢慢地抬起另一只手,指向一道绿色的图案。从漩涡般的形状和颜料来判断,那该是一簇叶子,但不同凡响的是,这簇叶子创造出了一种距离感,虽然它们只是更大的图案中的一个小小组成部分。我向后退了一步。现在,我在凝视着整幅画面了。我先让自己去接受蓝色和白色的山头,然后垂下眼睛,视线沿着画幅向下延伸,去追踪与蓝色、白色相互呼应的褐色和绿色。画幅下部的一道紫色使我很想因纯粹的喜悦而大笑起来。它本来是没什么理由单独在那里的,因为它并没有和山的主题有什么呼应。罗杰捕捉到了我的情绪。他指了指一个身穿淡紫色裙子的女人,她正从马蒂斯①的一幅裸体画那里回头走开,脸上显出对马蒂斯赤裸裸地表现深红色肌肤的粗俗手法十分惊愕的表情。女人转过身去,裙摆在她身后闪闪发亮。她并没有意识到,自己也成了展览的一部分,和塞尚画作中的紫色线条交相辉映。我回头再看塞尚的风景画。这一次,我的目光被一条从右手边向画幅中心横贯的水平线吸引住了。它是一条路,还是一座桥呢?在我看来,这一点其实并不重要。但如果没有这条线的话,整幅画面就会显得乱七八糟。这条线起到一种核心的作用,将其余部分组合成了一个整体。

我没法儿再看了。我向罗杰转过身来。他立刻领悟了我的意思,领着我穿过拥挤的人流,来到美术馆主厅外面一间安静的屋子

---

① 马蒂斯(1869-1954),法国画家,雕刻家和版画家,野兽画派领袖,代表作有油画《戴帽子的女人》等。——译注

里。他搂住我，我把脸贴在他的外套上。不用我开口，他完全明白这个展览对我来说意味着什么。

"或许克莱夫会买下塞尚的作品的。"我最后说道，不情愿地离开了他的怀抱。

罗杰捧起我的脸来亲吻。

"或许你也会画出自己的杰作的。"

我很高兴我们计划好一起进去。我们走进服装室时，我却意外地感到很害羞。全套服饰似乎都很完美，因为我在服装商那里翻遍了图录，终于在所有那些饰有荷叶边的舞会长裙和常规的表演用穿戴中搜索到了合适的服装。不过现在我们俩都在，我就有些不确信了。为了罗杰的晚会，我希望能挑出一套配得上他那富有生机的展览的服饰，而当我看见一条绿色的裙子配有纸花做成的花环的图样时，我心想，就是它了。

"假如我们都打扮成南海上的岛民模样，你觉得怎么样？"我问道，当时你正犹犹豫豫地站在门口。"我们可以扮成高更画笔下的女人。"你的脸藏在帽檐下面看不清楚。我意识到你不喜欢镜子、裁缝铺子，还有商店里卖衣服的女孩盘根问底，一心想知道我们打算挑什么衣服时瞪着我们的样子。或许是你的不安使我变得勇敢起来。我订下了服饰。

幸运的是，服装室没有别人。我们迟到了，大多数客人都已经到了。下午我一直和罗杰在一起，给他看我的新设计。他打算把它们带到他的工作室去，这会儿我还在因他的赞美而得意洋洋。

我脱下外套、鞋子和袜子。如果我们要想达到完美的效果，那就必须赤脚。我把花环装在一只包里带来了，这会儿我正站在镜子面前试戴。

"你觉得怎么样?"我往耳朵后面塞进一朵花，转过了身子。

"你看上去……真是漂亮极啦!"你盯着我裸露的胸脯，我的胸脯只有纸花扎的花环遮挡着。我的脑海中突然间闪过了为乔治的社交舞会梳妆打扮的情景，由此想到之后我已经走得那么远了。我不再受到过时的老规矩的拘束，不再被那些年长的大人先生吆来喝去。现在能驱使我的唯有激情。

"来吧。"

你也把外套脱到了地板上。我们穿着稀奇古怪的服装，相对露齿而笑。我解下你的头发，让它松松地散落下来，披到肩上。我把花环缠绕到你身体上。一切就绪后，你把双手放在我的腰部，我们一起跳起舞来。我们来回摇摆着臀部，让绿色的裙子旋转起来。我们马上像还在上学的女孩子一样咯咯大笑了起来。我们胳膊围在一起，粉墨登场了。

我们从成堆的客人那里挤了进来，好几个脑袋向我们这边转过来。我看见罗杰在较远的地方正和一群人谈着话，决定不加入他们。于是，我推着你向一个安静的角落走去。

"嘿，这是真的吗?克莱夫说杰拉尔德打算出版你的小说。"

"是真的。"你的眼睛由于喜悦而闪闪发光。我忍不住地想到，对你来说，成为一个作家真是容易，因为有那么多来自家庭的支持。

"我会喜欢这部小说吗?"

"希望如此……你知道,我做的大多数事情都是为了你。"你的声音里流露出一点点恳求的意思。你停了一下。"虽然如此,我担心自己在理解图案方面,还是远远落在画家们的后头了。"

你的坦率感动了我。我想回报你的信任。

"我们两个都有那么多的东西需要去学习。"

"我想,你比我已经进步多啦。毫无疑问,绘画正在引领方向。小说已经忘掉了它的目的所在。小说家们围着他们的主题打转转,但又总是描绘那些和主题无关紧要的事物,结果在主题滑出了视线之后,又感到很吃惊。"

我还没有来得及回答,就注意到了罗杰正在屋子的那一头向我挥手。你也看见他了。

"罗杰在那儿。我们过去吗?"

我犹豫了。我担心你是否已经猜到了罗杰和我是一对情人。我突然产生了一种愿望,不让你知道我们之间的这种关系。

"不。我想我刚才看见利顿了。他那天写信给我,说伦纳德·伍尔夫正在从锡兰返回的路上。我们过去和他说说话吧。我想多知道一些伦纳德的事。从各方面来说,他在那儿都取得了了不起的成就。"

我拉着你往前走,开始说起悄悄话来。

"利顿还告诉我,伦纳德想在英国为自己找一位太太。"

我向你眨了眨眼睛。

"他可以成为那一位呢。"

我已经盼了它好几天了。我拆开褐色的纸质包装,用掌心掂量着它的分量。你的第一部小说。我还无法让自己马上就去读它。相反,我随意地翻开它,先是浏览了其中的几个句子。你文笔的轻快利落并不会让我吃惊,因为我是那么熟悉。让我惊奇的是你的大胆无畏。

"我们正在经受该死的折磨,"海伦说。

"这就是我有关地狱的看法,"雷切尔回答。①

在我脑海深处,警铃声大作。你的文字让我回到了过去,回到了我们被迫和乔治一起去参加舞会时的情景。我仿佛看见我们坐在一个角落里窃窃私语的样子;小说中表现这些内容的文字就像是直接从我们的交谈中搬过来似的。我又读了几个段落,暗想你从我们过去的生活中还搬用了哪些东西。没错,我又出现啦,穿着缀有圆形闪光饰片的黑白两色长裙,显得又笨拙又不自在。难道我总是逃不开你吗?我又翻了翻前面的内容,读到了一个年轻人踟蹰着是去剑桥呢,还是在法律界找一个职位时心中的沉思默想。我马上释然了。那不就是托比么!这不是文学创作;它纯粹就是纪实报道啊。你所做的就是再现自己熟悉的世界。这是专业的写作,我无法否认,其中的人物形象玲珑完美,你的语言充满了抒情色彩,显得才情横溢,然而,它却缺乏视角的转换,没有引入不同的

---

　　① 这是在弗吉尼亚·伍尔夫的第一部长篇小说《远航》中,女主人公雷切尔与她的舅母安部罗斯太太之间的两句对话。——译注

理解，而这些才是伟大艺术品的标志啊。我坐在厨房里的桌子旁边。我不再对你从我们过往的生活中淘来素材感到介意了。既然我已确信你并没有写出一部杰作，我就可以用平等的心态来读你的文字了。

而《到灯塔去》却是不同的。在这部作品里，我第一次充分感觉到了你的天才的力量。不管心里愿不愿意，我还是意识到，无论是对结构布局与想象力的复杂平衡的安排，还是对每一个句子精细妥帖的处理，你都可以称得上一位完美无缺的艺术家了，这一点我是怎么也比不了的。你又一次讲了我们的故事，然而这一次，你却在传记和艺术之间架起了桥梁。你带着一种信念描绘出了母亲和父亲的形象，读着让我喘不过气来。仿佛根据某些特征，你可以坦率无比地把他们呈现在你的读者面前，使他们既显得栩栩如生，而又拥有了原型的意义，既显得那么真切，而又富有启发性。你将他们从记忆的深处解放了出来，并用以反思人类生活更深处的种种问题。你以清澈流畅、准确深刻的文笔完成了这一使命，对你的天分，我只能感到万分惊奇。你做得还更多。透过大胆的作品结构，通过延展和浓缩时间，以便更好地呈现时间的作用而不是过程，你为自己的艺术创造了众多新的可能。我开始在自己的作品里看到了同样的难关以及克服这些难关的可能性。因为你所取得的成就是如此惊人，它总会使我们两个都从中受益。

对于任何置身事外的人来说，我们的生活看起来一定都是那么的复杂。我在鼓励伦纳德向你求婚，同时说服你接受他的时候，有没有意识到给你送来的是一只救生筏？我只是一个世俗的姐姐，而你则不食人间烟火——故事因此才可能继续发展下去。可事实却恰恰相反。你在婚姻生活中体验到了伴侣之间的那种亲密感，对这一点我却只能做梦时想想。或许，假如我能接受对方的奉献，我本来也是可以拥有自己的伦纳德的。我的本性中存有一个弱点，或者说内心深处有一道伤口，使我对罗杰奉献给我的一切无动于衷。我内心有一种躁动的欲望，一种深刻的冲动，要去追求那些我明知不可能得到的东西。而正是这种欲望或冲动使我轻易放弃了那个男人，而他本来是有可能帮我获得成功的。我拒绝了罗杰的关心，却一门心思想让那个冷漠的人重新恢复对我的爱情。我没有意识到，这样做的结果只会让我回到老路上去。

前景上的那个女人背对着我们。她是整幅画面中具有主导地位的形象，这一点确凿无疑。在她的对面，还有另一个女人。一旦我们看到这个形象，注意力马上会随之转移。第二个人的面容显得严肃、决断和盛气凌人。嘴唇向下撇的样子很有些让人反感。两人中间有一张桌子，上面除了几只碟子和玻璃杯、一只壶和一盘面包之外别无他物。白色的亚麻桌布与其说吸引你的注意，倒不如说显出一种拒斥的倾向。前景上的那个女人头低垂着。我们无法看清她的脸。只有她低头的样子，还有她抬手去取一只碟子时胳膊的弧度能显出她的脆弱无力。我们能感觉到她并不快乐。假如她有这个能力，她是愿意使整个场景恢复和谐与正常的。有两个孩子和这两个女人一起围坐在桌边。左边的是一个小男孩，坐在他的高脚椅上。他正注意地看着这两个女人。在他对面的,是一个容光焕发的金发女孩,她的头向桌角那个人的方向倾斜过去,好像两个人正在说什么悄悄话似的。她的两条腿搁在椅子的搁架上,眼中分明闪现出一种心怀恶意的任性的光芒。

今天在重看这幅画时,对于它是那么的毫无遮掩,我深感震惊。没有虚饰,没有一点儿多余的东西,一切都显得那么的赤裸裸。我看见了那个女人不高兴的神情,女孩的嫉妒,还有那个脸背对着我们的人的痛苦。我感觉到了母亲在批评时的不偏不倚,你的那种不自然的警觉,还有我想缓和气氛和赢得赞许所做的努力。小男孩或许是阿德里安,或许是我两个儿子中的一个。或者,也有可能并不特指哪一个。毕竟,艺术不是生活。

我躺在床上,脸冲着墙。我知道自己必须下楼去,每个人都会等我。我得出席圣诞大餐,还得给孩子们准备圣诞礼物。我已经听到大厅里传来的歌手演唱圣诞颂歌的声音。我闭上眼睛。我已经没法儿再面对生活了。昨晚,就在晚餐的时候,克莱夫紧挨着玛丽坐,并列数了她在许多方面的造诣,仿佛她是他渴望拥有的一件无价之宝。

我一会儿睡着,一会儿又醒过来。我想起了斯蒂拉是怎样教我通过在人物周围加上阴影,以达到突出这些人物的效果的。在她手把着我的手,教我怎么用铅笔画的时候,我觉得她握住的是某样我无法辨识的东西。我知道自己必须把这样东西拿过来,小心收藏。现在,你的脸又浮现在我眼前。我们正在水下,我感到斯蒂拉送给我的东西会让我们两个人都漂浮起来而不至于沉下去。我往下一看，发现手里握着的是一面镜子。由于是在水里，你的脸显得有些扭曲，但我还是能看出你的恐惧。我把镜子拿出来给你。你立刻明白了我的意图，但却没有拿镜子，相反游开去了。我在你后面大声呼喊，很吃惊声音怎么会这么清晰。我很害怕，假如我让你就这么游开的话，你可能会淹死的。我于是跟在你后面游，等我靠近你的时候，一把抓住了你的肩膀。我把镜子塞进你的手心。我再一次看你的时候，你已经高高地站在干燥的地面上了。

我太累了，无力继续挣扎。我对你大声喊叫，可这回却怎么也喊不出声音。我慢慢地沉了下去，同时意识到有什么人托住了我。我睁开眼睛，看见罗杰就在我身边的水里。或许，如果我和他在一起的时间更长一些，我就可以再次找到你和那面镜子了。

又是这样一个天空明净如洗的清晨。我们一起走过圣潘克拉斯火车站，前往婚姻登记处。我感到身上很冷，情绪不佳。你和伦纳德一起坐在等候室内。你的手和他的握在一起。我突然意识到，从现在开始，无论你做什么，首先能够与你分享的将是伦纳德而不是我了。我感觉好像一个被遗弃的乘客，徒然地在岸上挥着手，而那艘漂亮的远洋航船正在向远方驶去。在走向两个空位的时候，我紧紧挽住了克莱夫的胳膊，对他也能出席心中很是感激。

婚姻登记官的开场白真是没完没了。我盯着阿德里安，心中想着他和托比长得真像啊。你的面容被帽子遮住了。我没法儿判断你现在心里在想什么。到了彼此交换戒指的时刻，我伸长脖子向前看去。我看到伦纳德把金戒指套到了你的手指上。你向他转过身来微笑，眼中是无尽的温柔。我站起身来。

"不知道我是否可以问一个问题？"

一片寂静。人人都把头转过来看是谁在说话。登记官的眼睛在室内找了一圈，想确定是谁在捣乱。他终于发现了是我，眉毛紧皱，显出发怒的样子。我别无选择，只好硬着头皮挺下去。

"我想改一下儿子的名字。如果你能告诉我该怎么做，我将不胜荣幸。"

你不在的时候，那些日子显得多么漫长啊。我一直在想着你。我找来一张地图，追随着你的行迹，想象着你乘着汽车上到塞拉特山顶的情景，以及你和伦纳德两个乘船前往马赛的样子。我好像看见你们在那些并不熟悉的餐厅吃早餐，计划着当天远足的行程。晚上，躺在床上的时候，我会想像你被伦纳德拥在怀里的种种情形。

为了使自己转移注意力，我决定画一幅自画像。我在画架旁放了一面镜子，花了一段时间端详镜子里自己的模样，研究额头上已经出现的细小的皱纹，还有稍稍松弛的下巴。我无法否认年华逝去的细微痕迹。

后来，第一批信到了。你在信中对法国乡村景致的描摹让我十分入迷。你对旅途中的种种不适，还有伦纳德吃腌小黄瓜时那种坚忍不拔的能力的描述，都让我忍俊不禁。等到你的来信给我带来的喜悦劲儿过去之后，我便开始细细重温你的文字，想要从中寻找更多有关你们两人亲热的细节。我对你提到伦纳德的部分深感困惑，无法确定该怎么去理解这些文字。伦纳德的来信倒是给我提供了答案。它们显得更具体、坦率，而不是那种躲躲闪闪的样子。伦纳德写道，你似乎觉得做爱并不是那么有吸引力。他很苦恼，所以来问问我有什么建议。我立刻写了回信。我告诉他你对性一直是比较冷淡的，和男人在一起时更是如此。我告诉他，我觉得他是没法儿改变你的。那一天，我画着自画像，感到重新恢复了力量。我看着镜子里自己的模样，仿佛脸上重新焕发出青春的光芒。

从许多方面来看，伦纳德都是属于和母亲相似的那类完美的人物。作为一个既擅长辞令而又不缺乏行动能力的人，他确实值得尊重。假如我能够鼓励他不要那么轻易屈服，而不是让他相信他是没有什么地方可责备的、问题主要出在你身上的话，事情的发展很可能会截然不同。或许，假如我更大度、宽厚一些，我是应该可以帮助他找到信心去进行尝试的。正如过去一样，我的态度进一步证实了他的恐惧，并进一步把你推向了一个无性的婚姻。为此，我会受到命运的惩罚。

现在，我已无法记起，什么时候毁掉了那幅自画像。或许，是在邓肯承认他不能再做我的情人了的那一天。我不记得了；时间在我的记忆里已经变成模糊一片。我很高兴毁掉了那幅画。我脸上的玫红，那种如沉醉在梦中一般的满足神情，只不过是一个谎言。我并没有把一切都告诉伦纳德。

远远地有一只白鹭,在灰蓝色的天空中自由地嬉戏。涨潮在污泥和沙石中间留下了一个个的小水塘,映现出云彩的模样。我们三个人沿着海湾向前走,太阳晒在背上,感到很是惬意。罗杰大步在前面走着,克莱夫和我则跟在后面闲荡,有时还会停下来欣赏鸟啄食的样子。等我们到了码头的时候,所有可雇的船只都已经没了。克莱夫和我坐到一条长凳上,很高兴有机会可以休息一会儿。克莱夫掏出一本书来开始读。我则凝视着周围的景色,渔夫们乱哄哄地收拢各自的猎物的样子,以及海鸥们猛然飞来扑食残留的鱼时那种优雅的姿态。罗杰因我们耽搁了时间而颇为气恼。他沿着码头来来回回地走着,试图说服渔夫租一条船给我们。最后,他终于大功告成,以胜利者的姿态招呼我们过去。

　　这条船比一般出租的船要大一些,我们沿着海湾顺利地行驶着。我坐在船首的一只软垫上。起先,克莱夫还打算帮着罗杰驾驶,可在一次次被罗杰拒绝后,索性就和我一起坐到船首来了。罗杰一个人站在船舵旁边,头发被大风吹得纷乱。我发觉他很乐于待在自己的位置上,于是便斜倚在软垫上,抬头张望鼓起的风帆。

　　"我们该返航啦。"好像是打算有意不搭理克莱夫的话茬似的,船即刻向右一拐,我们像箭一般向前驶去。罗杰因船行驶得飞快而两眼放光。在我头顶上,可以看见黑色的云团在蓝色的天空中逐渐聚集起来。突然,船帆松软了下来,就像湿床单似的拍打着,蔫儿蔫儿的。罗杰把船舵向左拨去,可是这一回,船却几乎动不了了。

　　"风停了。"罗杰用力去拉绳子。克莱夫用胳膊肘撑起了身子。

"我们已经驶出来好远啦。"我惊慌地坐直了身子。我意识到我们已经离开了海湾,来到一望无际的大海上了。我感觉到海浪正拍击着两边的船舷。

"我们得下锚,一直等到涨潮时为止。"克莱夫的声音显得很有权威,其中也有宽解的意思。"我们没法子就这么回去。"

罗杰阴沉着脸。他拉着绳子。当船左右摇摆的时候,风帆满了,船向前驶了一点点,可是由于船只突然改变方向而形成的一点点风没了,几乎马上又停了下来。船帆彻底奔拉了下来。

"下一次潮汐什么时候到? 有没有人想过看一下?"这次,罗杰回答了克莱夫的问题。

"就在子夜之后。"

"子夜!"我听出了克莱夫那种熟悉的,表面上表示抗议,其实暗藏着执拗的快乐的腔调。"那多无聊啊! 我想,每人会带点吃的吧?"他掏出了他的烟管和一小袋烟草。"是什么东西把你骗到这儿来的?"

罗杰没有理他。从他肩膀那种一动不动的倔强姿态来看,我知道他不会答应就这么待在这儿的。他又开始继续把绳子往回拉。

"混蛋,你这家伙! 把锚放下。这太冒险啦。"

船打着转转,我们又前进了几英尺。就在我们要失去最后的机会的一刹那,罗杰再度准备掌舵前行。他的表情对他下一步准备做什么,显示得清清楚楚。他将调动一切力量,直到使自己精疲力竭为止,他是绝不会轻言失败的。克莱夫吸着他的烟管,就像一个被宠坏了的孩子一样，满脸不高兴。我知道还是不要介入的好。我已经懂得，无论责备哪一个，都不会有什么好结果。

我一看见它，就知道选的正是地方。它又匀称又漂亮，有着倾斜的屋顶和大大的窗户，正是小孩子画笔下出现的那种房子。当你要我和你一起租下这座房子时，我真是太高兴了。在房产经纪人领着我们一间间地看房间的时候，我们儿时在圣艾维斯度假时的记忆突然闪现在我的脑际。

我推想，在乡下我会获得自由。克莱夫会老老实实地待在伦敦，罗杰也只会在周末来访，因此，我可以再度按照自己的节奏生活了。孩子们会有一个花园在里面玩儿，我则可以继续从事自己的工作。我们将独立于丈夫，拥有自己的住所的事实，也似乎开辟了一个新纪元。

在阿希罕姆，我渐渐地建立起了一种很适合自己的生活模式。上午我会作画，然后大家聚到一起吃午餐；下午我会在花园里劳动，而孩子们会在苹果树下玩捉迷藏的游戏，或者在花圃里挖来挖去地寻找宝藏。经常有人来访。我喜欢这种当你在专注于某项目标的时候，整座房子里散发出的那种目的明确、身心投入的气息。

正是在阿希罕姆，我第一次对画框之外的艺术进行了实验。正是在这里，我开始意识到，绘画有可能成为生活中的一部分。我体会到了将与自己朝夕相处的物品转换为艺术对象后的种种快感。我将弗拉·安吉利科①的湿壁画复制移植到我卧室的墙上，为两个儿子创造了一堆丰富的色彩。我在墙上、门上、家具和饰物上都描画了人物、花卉和抽象的图案，结果使得我的工作范围宽泛了很多。

我盯着你的来信，然后把它对折起来，塞进了口袋。我把手肘支在窗台上，透过窗户向花园里看去。你的语气中好像有些什么东西不对头。朱利安的脑袋有一会儿从一簇醋栗丛中冒了出来，我向他挥挥手。他对着我笑，然后又消失不见了。我不明白你为什么会取消到这里来的行程。我原打算为你举办一个生日晚会，让你大吃一惊的，可是现在我为此所做的所有准备都泡汤了。我又重新在脑海里过了一遍你在信中所写的内容，竭力想捕捉字里行间隐藏的秘密。全是关于伦纳德的话：他为《国家》写的文章啦，他为俄罗斯人组织的联谊会啦，他的政府委员会什么的。无论我怎么看你的信，意思都是一样的。伦纳德的地位总是在我之先。

有的时候，爱情会带着它盲目的确定性突然降临；有的时候，它又仿佛海中的迷雾，慢慢地遮蔽了视线，直到一个人几乎完全记不得海岸的模样。

我是什么时候不再把邓肯看做是弟弟的情人，反而自己堕入

---

① 弗拉·安吉利科(1400？—1455)，意大利文艺复兴早期佛罗伦萨画派的著名画家，多明我会修士，作品主要为祭坛画和教堂壁画。——译注

情网的呢? 我想,应该是阿德里安把他带到阿希罕姆的第一个周末,我看着他在花园里画画的时候。我以前从不知道阿德里安居然有了一个情人,当时的情景真是让人不知所措,奇怪得很。当我透过工作间的窗户瞥见阿德里安和邓肯在亲吻时,因嫉妒而感到一种尖锐的刺痛。

第二天上午,我在草地上支起画架,就在邓肯的旁边。我一边调色一边对他进行研究。他全神贯注,显得十分投入。当我从旁对自己选择的对象定睛注视时,似乎看得更加清楚了。我开始画画,结果从我们两人的姿态中发现,我们选择的是同一对象。这里没有什么竞争,只有对共同目标的分享。自打很久以前和托比一同在育儿室里度过的日子远去之后直到现在,我才从另一个人的身上找到了同样的感觉。我情不自禁地投入了爱恋。

我推开了浴室的门。邓肯正站在盥洗盆旁边,他的剃须刷和剃刀摆在一条毛巾上。他转过身来对我挥了挥手,咧开嘴笑了一下。我花了整整一个下午在菜地里除草,已经很累了,渴望着好好洗一下。邓肯在双颊上涂满肥皂,好像丝毫也没有觉察出我的意思。我不耐烦地等了好一会儿,然后,看出邓肯完全没有赶快结束出去的打算,于是开始在浴缸里放水。水放出来了,蒸汽慢慢地升了上来。我的双腿和背都因下午的劳作而疼痛,我渴望着把整个身体都泡在热水里。我脱下鞋袜。邓肯抬着下巴,用剃刀在他满是肥皂泡的雪白的下巴上刮来刮去。我又脱下裙子和短衬裤,把它们扔到地板上。现在,除了还有一件内衣之外,我的全身都赤裸了。我注意到邓肯正在从镜子里看我。我们的目光相交了,他咧嘴笑了一下,抓起肥皂挥舞了一下。我也抓起我的肥皂作为回应。然后我把内衣往上拉,脱了下来。我钻进了浴缸。

我轻轻走进卧室,用浴巾裹住身体。我穿上之前扔在椅背上的一件衬衣和一条短裙。衬衣皱巴巴的,裙子上还有画画时沾上去的油彩,可是我对这些细节毫不在意。我用手把头发挽成一束,用一条金黄色的围巾裹住它。

我看起来漂不漂亮这并不打紧。我已经抛掉了一切时髦的念头。我已经决然地和过去竭力把自己打扮得花枝招展的荒谬而痛苦的经历一刀两断。我把围巾打成一个结,想起了以前总想把头发用饰针层层叠叠地固定起来的麻烦事儿。现在我穿衣只要舒服就好。

我下了楼。客厅里燃着炉火,我蹲在壁炉前,伸出手掌去够里面跳动的火舌。邓肯正坐在沙发上读书。突然间,我想要他用胳膊搂住我。当时,这个念头压倒了一切,超过了我在世上的其他欲念。我坐到他的身边,把头枕到了他的大腿上。他默默无言地接受了我的亲昵。

楼梯口有人大叫。

"尼莎?来看看这个!"罗杰的声音打破了沉寂。举在画布上方的刷子停止了动作,我心中暗暗祈祷着闯入者不要看见我。

"尼莎？你在哪儿？你得来瞧瞧！"罗杰的声音听来更近了。我已经听见他爬楼梯的声音了。我把脑袋藏到画架后面，刹那间竟然产生了一种白痴的想法，就是他可能因为我躲在后面而看不见我。他的身躯已经占满了门口。

"你原来在这儿！邮递员刚来过。萨克森寄了张卡片来。他找到了个理想的地方，有一个旅馆，开在瑞士境内阿尔卑斯山的半山腰上。他建议我们赶头班火车到那儿去。他说那儿是会让你灵感四射的啊。你觉得怎么样？"

我看着从敞开的窗户外面飘进来的一片落叶在我的画架上盘旋，然后慢慢掉落到地上。我并不打算去瑞士。我也不想和罗杰在一起。他克制了一下自己的兴奋，意识到自己有些过头了。他向我挥舞着那张明信片，给了我一个表示和解的笑容。

"要不我们下次？"他竭力保持住原来说话时那种兴奋的腔调。我知道我已经伤害了他。

"你可以自己去啊。"我忍不住还是这样说了一句，心里明知道这并不是他所希望的。

"不，不，这只是个疯狂的念头。你知道萨克森这人是多么能说会道。"罗杰现在站到我身边了，他的胳膊已经和我挨得很近，快要碰到我了。他的爱情是清心寡欲的，令人窒息而又乏味无聊。我没有办法。我必须冲决束缚，获得自由。

盛放着水果的器皿就在桌子的中央，是一只白色的碟子，里面装着绿色的苹果。邓肯把他的画架放在我的画架前面，这样我无论站在哪里,都可以看见他的后脑勺。我很想帮他把老是垂落到眼睛上的那厚厚一缕头发塞到耳朵后面,把我的手指插到他黑黑的长发里去。我观察着他盯着桌子对面的架子时的神情,心里想着不知他是否会把架子也画到自己的画里去。我决定不管那些架子,而只专心画那碟水果。我开始拟出画面的图案。在桌子边上还有一只瓶子,它的阴影恰好会落到苹果上。我意识到在瓶子和水果之间存在着某种关系,于是我把瓶子也囊括在画面之内。邓肯已经开始工作了。他的画刷不时地在颜料里点来点去的。我的动作则要慢一些。每一种选择、每一刷子涂下去都是精心思考的结果。我们一直画到傍晚时分。我开始沉醉到自己的工作节奏当中,有一段时间甚至忘记了外面的世界。只有邓肯的存在是真实的。这就好像我们两人已经进入了一个完全不同的空间似的。我们的眼睛追踪着同样的光线的飘移,凝神于同样的物体之上。

突然间传来一阵哭声,刺破了周围的宁静。我马上记了起来。是昆汀睡过午觉醒来了,他饿了,正等着我去哄他。我洗干净画刷,并第一次审视今天完成的工作。我画的水果碟和苹果异常出色。它们像是从花岗岩中劈出来的一般,焕发出不朽的光彩。我心里像是一块石头落了地。它们在我的画中存在的方式是对的。邓肯还在画着。我偷偷瞥了一眼他的画布,一下子呆住了。我画出来的东西像是刀劈斧削一般,稳固得近乎丑陋,而他画的东西形状却如此美观,而且五色缤纷。在他的画幅中,水果、瓶子和桌子成为阴影和光明复杂交织的一个组成部分。我的眼睛又轮番转向苹果、碟子以及架子上的壶等物体的不同曲线。我注意到在它们身上用色的微妙变化，并将它们和我对色彩的粗糙运用进行了对比。我意识到，我正和一位了不起的艺术家在一起。我一边上楼，一边再度体验了过去曾有过的那种自知平庸的滋味。

让我吃惊的是，你正在孩子们的房间里，坐在窗口的椅子上，怀里抱着昆汀。他已经不再哭了，手里玩着你给他的一只玩具兔子。朱利安跪在你脚边的地板上，正如饥似渴地在听你讲故事。我坐到一张床上，不去打扰你们。你看了我一眼，我们还没有来得及说话，朱利安就扯住你的袖子，催着你继续讲下去。我闭上了眼睛。你讲的是那些在花园下面玩耍的小精灵的故事。我想起了母亲过去所讲的故事，故事里，那些动物就住在托比在圣艾维斯发现的、被冲上海滩的老绵羊的头盖骨里头。为了不使你害怕，母亲用自己的绿色披肩把它整个地包裹了起来，当她哄你上床时，还骗你说它看起来多像一座山啊，里面还有峡谷，长满了鲜花，山羊也在上面奔跑。我站了起来，慢慢地踱向窗口。邓肯已经画完了他的画，正在花园里抽烟，背靠在一棵树上。他抬头凝视着天空，我觉得他看起来可真是漂亮。我转过头来，发现你正在盯着我看。你向那里看去，邓肯依然站在树下。无论我爱上了谁，你都明察秋毫。

出租车停在你家门前，伦纳德正在等我。我在付车费时，他向我走过来。看得出来，他有多么焦虑。卡已经到了，我们互相拥抱，伦纳德则一边说着你的症状。我们决定由伦纳德和我马上去请教萨维奇。

我要求先去看看你。你躺在黑黑的屋子里，我坐到你的床边。你没有把我赶走。我现在觉得镇静一点了，因为我知道伦纳德看见的那种大喊大叫的狂野状态已经过去了。我把手放到你的肩上，要你答应争取吃点东西。

当卡来电话时，我们正在萨维奇的接待室里。当护士把电话记录递给伦纳德的时候，他的脸变得煞白。我立刻猜到你干了什么。

出租车穿过拥挤的街道。我们一遍又一遍地思索着卡的电话中所讲述的细节。我们一到，伦纳德便撞开门奔进了屋里。我慢慢地跟着他进了你的房间。甚至在伦纳德发现了那些空药水瓶之前我就知道，想要唤醒你是没有用的。

医生们忙碌了整整一个晚上。我们得不到允许去看你。我坐在客厅的一张椅子上，盯视着炉火。

一想到生活中可能会失去你，我就无法忍受。

第六章

有一束阳光投射到窗户上。我在床上辗转反侧，又把脸转过来对着外面的亮光。我睁开眼睛，看见了外面苹果树上黄褐色的、金光灿灿的叶子。我又躺了一会儿，听着屋子里的动静。周围一片寂静。我想起邓肯正在隔壁的屋子里睡觉。我从床上起来，套上拖鞋，用一条披肩裹住双肩。外面，苹果树在轻风中微微起舞，仿佛一幅活生生的镶嵌画。我下了楼，把水壶放到搁架上。

几分钟后，邓肯也出现了，睡眼矇眬的样子。他坐到我当椅子用的反过来放的一只桶上，握住了我的手。我亲吻着他的额头，吮吸着他尚未梳洗的身体的气味，感受着他粗糙的头发触到我面颊上的那种滋味。我们就这样待了一会儿，我注意到夏天里的最后一只燕子正在啄食我撒到草地上的碎面包屑。邓肯松开了我的手。这意味着我可以离开了。我赶紧忙早餐，把一片片面包叉上叉尖，送到火上去烤。我们就像农夫那样地吃着，笑着，既没有碟子也不用餐具，因不修边幅、自由自在而感到一种同谋般的快乐。我回头看看橱架，想着中午我们该吃些什么。有从农场里弄来的

111

鸡蛋。下面我还可以从花园里挖些土豆和胡萝卜。我们还有火腿和不少腌制好的食品。我伸手去取一瓶果酱，好抹到吐司上。这是草莓酱，去年夏天装到瓶子里的。我找到一把调羹，把果酱递给邓肯。他把调羹放到我采来放在桌上的一瓶鲜花的旁边。我看见他研究着它们的曲线和角度，心中掂量着它们是否可以作为他作画的又一组对象。我想找第二把调羹，可怎么找也找不着。邓肯可不管这些，他把手指头直接伸到果酱瓶里，把果酱捞出来直接送到我嘴里。我把又甜又粘的果酱舔干净。他又把手指蘸到果酱瓶里。看来，虽然战争即将到来，我们还是能活下去的。

画面上有两个人。右边，艺术家正站在他的画架前。我对他的姿势画得很用心。这一姿势必须既传递出画家的勤奋，又传递出他的天赋，既表现他的率真，又表现他的敏感。我让画家的衣服呈深色并使它们具有戏剧性。我没有画出他的面部特征。他的双手才更为重要，我努力了好几次以便表现出手的正确角度。我发觉很难捕捉这双手既流动而又自由的状态。最后，我索性让它们保持模糊的形状，宁可暗示出它们的潜能而不是冒险去固定它们的形状。我让那个女人跪在艺术家的脚前。她决不能影响他的支配地位。我把她的服饰画得很简单，只有白色的衬衣和黑色的裙子。对她的脸，我同样做了空白的处理。只有她蹲在自己的画前时头和双肩的弧度，才把她和那位大师联系了起来。两人之间的空间至关重要，既要显得亲密无间，同时又要显得无限遥远。我们必须感觉到，虽然他的亲近至关重要，但正是他的疏离，还有他站开来一点的事实,使得她的工作成为可能。我选用了不同的颜色——绿色、橙色、白色、紫色、蓝色——涂成一道道横条以填充那个空间。我小心翼翼地涂抹每一道色彩。我一会儿把颜色减淡,一会儿又把颜色加浓,增加了质感与深度。各种色彩必须能揭示出他们的关系所激发的效能,以及我们看不见的绘画的力量。

我从画布前退后几步,审视效果,注意到某种不同寻常的东西。尽管我有意把画家置于前景,但明亮的后景和跪着的女人光华四射的样子却更加夺人眼目。我又仔细地检查了一下自己的作品。艺术家显得严肃、沉郁,那个女人却焕发出勃勃生机。她画画的时候正是怡然自得。她衬衣的风格,以及溅到她靴子上的橙色,都和明亮活泼的背景显得十分和谐。我意识到自己完成了一件很少有的事情。我画出了一个幸福的女人。

"你在逃避现实!你不能只把脑袋藏进沙里,而假装战争没有发生!"

我沉着脸。我本来是指望你会支持我搬出伦敦,永久性地住到乡下去的打算的。我看着你身后书架上伦纳德的书。从我坐的地方,我可以看清其中几本的标题:"民主"、"国际政治"。我半是不服气,半是感到丢脸。我知道正在发生的事情的严重性。

"不过,难道你真的以为所有这一切——"我含含糊糊地朝着伦纳德堆在桌上的那些整齐的文件转过身去——"会有什么区别吗?毕竟,他们烧掉了克莱夫的小册子。一切似乎都在唤起对战争的支持。我有没有告诉你,上周我和邓肯从村子里散步回家的时候,邓肯被倒了一身的白毛?真是可怕。有两个屠夫家的孩子一路跟着我们一直到了街上。"

我叹息了一声。我始终认为政治是难以理解的东西。我甚至不能肯定自己真的就赞成妇女获得投票权。较之于重要的事情,它显得是那么的无关紧要。即便是现在,欧洲各国之间彼此开战在我看来似乎也是那么疯狂,我实在难以理解。

"即便我们并没有被裹挟进沙文主义之中,这也并不意味着我们就该无视它的存在。梅纳德说,自打基钦纳的布告贴出来之后,他在剑桥的所有最聪明的学生都应募从军了。至少,我们有必要研究研究决定我们命运的所有这些说法究竟是什么意思吧。"

我看到你的笔记本封面朝下正在你身边的地板上。我没有忘记你要求和里士满妇女互助协会进行谈话。我的沉默使你平静了下来。你再度开口时,语气显得缓和了许多。

"除了上面说到的这些,最后,你的艺术也会受到损害。"

我被激怒了。这可是我全身心投入的工作。

"政治不会影响到它的!画画的时候,我所寻找的东西可不在这世上!它存在于我面前的事物和我在画布上画出的线条的关系之中。我在开始工作的时候,并不知道它会是怎样的,但一旦我找到了它,马上就会明白了。它是使得所有其他的一切都获得意义的东西。它有可能是一种模仿——一种重复或运动——或者也有可能只是一条连接线而已。"

我住了口。过去,不管我说什么,你总是会冷嘲热讽,让我很是烦恼,现在这种烦恼又来了。让我吃惊的是,你专注地听着我说。我第一次直视着你。病后，尽管你依然苍白，但却出现了一些变化。我盯着你变得丰腴的面颊，脖子上玫瑰色的肌肤，还有腹部和腿部的轮廓看。一个新念头刺痛了我。

"你变胖了！"

你笑了起来，对我突然转变了话题感到很滑稽。

"是啊。伦纳德过去管理过锡兰的整整一个省，这些可不是白干的啊。如果我吃完该吃的东西，我会得到糖果作为奖励呢！"

我盯着你看，想得更深入，也更可怕了。

"你是不是怀孕啦？"

你脸红了，然后扭过头去。我太吃惊了，以至于没有想到自己或许已经不小心闯入了一个十分敏感的领地。我继续说了下去。

"我还以为你已经决定……伦纳德写信给我说……"

"什么？难道他以为我不应该有孩子啊。嗨，我为什么不该有？萨维奇不觉得这有什么危害，让·托马斯说只要我小心，这只会对我有好处。难道你不想当姨妈吗？"

我瞪着地板。我还从来没有想过你可能会有孩子这件事。

"那你的病怎么办？万一生孩子会加重病情呢？"我随意地找了个借口说。

"这么说，你也反对我啦。"

我立刻产生了负罪感。

"不是这个意思。我只是不希望你再生病罢了。怀孕可是一件挺耗神的事啊。"

你还没有来得及回答，伦纳德便进了屋子，手里托着一个茶盘。他把茶杯递给我们，然后在沙发上你身边坐了下来。你清了清嗓子。

"尼莎决定搬到乡下去。我们是否跟她一块儿去呢？我们得有地方来给那么多猴子和山魈住啊。"

从你的笑容中，我知道这是你们两个之间的秘密游戏。伦纳德两手紧扣在一起，仿佛它们就是动物爪子似的，还摇晃着脑袋。他清理着想象中的胡须，然后，伸出一只想象中的爪子扣住你的脖子，假装在从你的头发里捉虱子。你用鼻子去蹭他的手，用舌头去舔他的手掌心。我把茶杯放到托盘里，站了起来。

"我该走啦。我说过要和邓肯在工作间见的。"

你陪着我走到门口。伦纳德模仿的猴子形象还夹在我们之间。过去，你可是我的宠物呢。我转身打算离开，你把手放到我的胳膊上。

"事实是，尼莎，假如你住在乡下的话，我会非常非常想你的。"

邓肯和我到了伦敦，来参加梅纳德做东的一次晚餐。我们走进餐馆，他向我们挥挥手，指指桌子尽头的两个空位要我们坐下。我们听话地分别坐到了一个个子高高、看上去强壮有力的年轻人身边。我觉得和邓肯被分开了，很想换个座位。梅纳德说了一通欢迎我们的话，然后利顿又讲了一个黄色笑话，搞得我们全都笑得浑身发抖。但我注意到，那个年轻人并没有加入。他显得很紧张，一直在笨手笨脚地玩他的刀子。不是只有我才注意到他是个很害羞的人。邓肯挑起话头，和他交谈了起来，一心想让他放松些。我则喝着香槟，竭力不让自己觉得受到了冷落。我听到那个年轻人说虽然他名字叫大卫，但他的朋友们都喊他"兔子"①。那天晚上，他和邓肯成了一对情人。

我一个人回了家。坐在出租车里的时候，我不知道自己是怎么想的。我在脑海中想象着这两个男人一起在床上的情景，他们张着嘴唇，彼此渴望着，用手急切地剥下讨厌的衣服。我用披肩把双肩裹得更紧，把头抵到车窗上，很高兴车窗是那么坚硬。我感到自己又老又孤单，即便在自己孩子们的游戏中，也是一个不受欢迎的闯入者。出租车停了下来，我打开车门走了出来。我给司机付了钱，一个人走回屋子。然后，我上楼躺到床上，衣服也没有脱。现在我能做的唯一一件事，便是让自己睡去。

门铃一直响着，终于把我唤醒了。我睁开眼睛，惊奇地发现阳光已经射进了窗口。我用胳膊支起身体，惊异地盯着自己的晚装和靴子。后来我想起来了。我还没有来得及清理自己的感受，立刻听到说话声，以及访客被让进客厅的声音。我听到了楼梯上的抗议声、解释声还有脚步声。最后，终于有人敲响了我的房门。我还没来得及回答什么，邓肯就闯了进来。他微笑着，容光焕发，一屁股坐到我的床上。他挥手示意，于是兔子像小绵羊似的温顺地跟了进来。我已经怒形于色了。邓肯俯过身来，一再用亲吻来对付我的抗议。不久，我也微笑了。后来，我们彼此拥抱，大笑起来。

---

① 为"布鲁姆斯伯里文化圈"中的作家大卫·伽内特（1892－1981）的绰号。——译注

117

我懂得了无论发生什么事，没有什么能够摧毁我们之间的关系。邓肯伸出胳膊，把兔子也拉到床上我们的身边。

　　是邓肯的主意，他要兔子也做一回我们的模特。邓肯把他带进我用做画室的房间时，我反而畏畏缩缩起来。我在自己的画架前忙忙碌碌，而邓肯却一直在张罗着安排兔子姿势的细节，开始想让他站着，后来又让他坐下，一会儿拉开窗帘，一会儿又合上窗帘以调节光线。这段时间里，我注意到邓肯是多么急不可耐地想开始作画。最后，我们终于可以开始了。邓肯研究着兔子，他充满情感的凝视在两个男人之间创造出一股激情的冲动，似乎充塞了整间屋子。我强使自己的眼睛不看他们而看画布，手里紧紧地攥住画刷。如果我打算完成这幅画的话，我就得无视自己的感情。

　　最后，我们比较了各自为兔子画出的肖像，我耸耸肩，把自己画的给扔了，承认这是一幅失败之作。如果说邓肯的画刷下出现的是一个富有魅力、拥有性潜能的年轻人的形象的话，我的画则是对一个肌肉绵软无力、面色苍白的男孩的嘲讽。邓肯通过兔子的裸体画像表达出来的是魅力和生命，通过他的面容表达出来的是力量和温柔。而在我的画里，色彩的变化彼此之间毫不协调，粉红色、柠檬黄和褐色胡乱地搅到了一起。在画肌肤时我调进的一道道绿色使兔子的皮肤呈现出一种病态的光泽。他的眼睛只有两个点，流露出孱弱、自私，甚至贪婪。我意识到，我画出的其实是自己的嫉妒。

我给兔子写信。我把信纸铺在桌面上,拿起了钢笔。这并不算困难。毕竟,我只要想出几句话即可。话说得不能伤人,不能刻薄,不能针对欲望本身,也不能影响到他内心的平静,摧毁他的自我意识。我邀请兔子来和我们一起住。我娓娓动听地描述了屋子和花园,写到了草地上的苹果树在开花时节有多么可爱,承诺这里会有美味佳肴,还可以安静地写作。我夸耀着新装好的下水系统的种种好处,告诉他对他的蜜蜂们来说,这里的果树就像是一个乐园一般。我还信誓旦旦地告诉他说有多么想念他。

　　我又通读了一遍信的全文,心中惊奇着自己这么能说谎。邓肯正在炉火前来来回回地大步走着。他用一条毛毯罩在湿漉漉的衣服上,他的头发也湿漉漉地滴着水,乱糟糟地一团。他很不高兴,很不耐烦,抱怨着下雨。他让我想到了一头过去我和父亲一起看到过的狮子,在动物园的笼子里暴躁地走着。我还记得当时想着这头狮子的命运有多么悲惨,永远梦想着怎么能逃出去。我在信末签上名,把信装进了信封。我穿上外套,戴上帽子,步行到邮局去,不顾外面正下着雨。我知道,如果兔子不能很快到这儿来的话,邓肯就会离开。

　　你正在壁炉边,研究着我在壁炉周围丑陋的地方画上的一串串的水果。画的表面已经开始脱落,那些水果正经受着热力的炙烤。昨夜晚会残留下来的东西还堆在桌上,我们的晚会装散乱地摊在椅子上。我看见你注视着羊毛假发和用制型纸板做成的假胸,那是邓肯用的。我匆匆把那堆衣服卷入怀里,把桌子清理了出来。

快到午餐时间了，邓肯和兔子还没有起床。我想到你和伦纳德两人都一直遵守的严格的工作时刻表，心里感到很是羞愧。我知道，按照常规，到这时候，你已经写出好几百字了。你坐到我刚刚清理出来的一张椅子上，我想，在你眼里，我的生活一定显得非常的没有规律。透过敞开的窗户，我能听见朱利安和昆汀正在花园里玩。他们在一个旧池塘里装满了水，轮流把水往对方身上浇，然后又因水凉而尖叫和傻笑。我知道，再过几分钟，他们就会奔进屋子，把衣服和湿毛巾扔得一地，然后去玩另一个游戏。我决心不再去管那些让你头痛的事儿，而去管好眼前的事。

"这么说来，你已经决定租下房子了。我得说我觉得这是个好主意。这是一处很可靠的房产。这样，你们也就可以在伦敦和乡下两地住住了。"

"是啊。伦纳德觉得离开伦敦对我有好处。"

我觉得从你的回答里没法儿判断，你自己是否赞同伦纳德的观点。我正在这样想着的时候，朱利安和昆汀冲进了屋子，身上除了晚会留下的几条化装的痕迹外，几乎是赤裸着的。朱利安看见你之后脚步先是慢了下来，然后向你猛扑过去。让我惊讶的是，你对他的这种狂野的外表大笑了起来，并允许他把手伸进你的口袋掏糖果。他找到了一颗，你作势要把它抢回来，他巧妙地躲开了你，然后箭一般地冲出门去，你则装出痛苦的神情。我等着局面安静下来。

"我很抱歉。我们大家昨夜都搞得太晚了。我们让孩子们一起装扮起来，他们到现在还非常兴奋。"

"没错，我看见了。是一个家庭晚会吗?"

"不，至少……兔子过生日。邓肯要我们大家都穿上奇装异服。"

尽管我竭力使自己的声音保持常态，但在提到兔子的名字时，我还是踌躇了。你看着我。

"是你组织的晚会吗?"

"兔子……"我因局促不安而住了口。

"尼莎? 究竟是怎么回事?"

我把一切都和盘托出。我已经忍受不了了。我得对什么人说说。

"孩子们上床睡觉以后，邓肯也在沙发上睡着了。我们大家都喝了很多酒，兔子和我觉得最好就让他在那儿睡得了。我找到了一条毛毯，关了灯。兔子就和我一起上楼了。我转身回自己卧室的时候，兔子抓住了我的胳膊，感谢我举办了这个晚会。我则说了很多祝福的好话作为回答。他吻了我的脸。可是，他的亲吻该停的时候却没有停，结果我只好……努力摆脱了他。"

"你并不喜欢他?"

"不，当然不! 我知道，你会怎么看这件事……好像我什么都无所谓似的……可是，和兔子睡觉我会觉得是一种亵渎的。"

我大哭起来。我不再去管你会怎么想我了。我生活中的失败已经完全暴露在了你的面前，你什么都看见了。你站了起来，在我面前跪了下来。

"亲爱的，别哭。"

你把我的头放到你的肩上,温柔地来回抚摸着。

"你并不真的相信你说的话。看看你周围的一切。"

我抬起了头。

"什么？孩子们总是不听话,房子不称心,我的画又卖不出去。"

你亲吻着我的脸。

"你难道不知道我是多么愿意来这儿吗？你难道不知道如果我可以用写作来交换一点点你生活中的所有这一切,我是宁愿明天就放弃写作的吗？"

我不相信地看着你。你的身子向壁炉的方向微微倾斜着,那周围全是我画的成熟的梨子和杏子。你用手去触摸图案中的茎和叶,一直摸到水果的表面,把那些已经走形的图案抚平,使它们恢复原样。我听见朱利安和昆汀又在花园里快乐地玩起来了。很快,邓肯会露面,我则会到厨房里去看看中午有什么可吃的。渐渐地,我生活中那些琐屑的点点滴滴——晚会上剩下的东西、孩子们乱扔的衣服、我尚未完工的壁炉——又归拢成为一个整体了。是你创作完成了一幅画。

"来吧,我不骗你。"玛乔里说着,仿佛正在扔下手套似的。邓肯捅了捅我的肋部。

"来啊,尼莎！会很好玩的！"他那么急切,让我很是吃惊。

"很好。"我坐到玛乔里放到她身边的那块丝绸坐垫上。她抓起了我的手,把掌心向上翻。

"你现在觉得舒服吗？"

我点点头。玛乔里闭上眼睛，深深地吸了好几口气。我则紧盯着她别到裙子上的镶嵌着珠宝、由两条游龙构成的饰针。玛乔里睁开了眼睛，研究起我的手掌来。她头发上装饰着孔雀羽毛，只要她人一动，羽毛便也跟着动起来。

"你有一条很强健的生命线。虽然有的地方它有点断，表明你会生病，但总的说来你会很高寿。"玛乔里的口气听上去十分诱人。尽管我很怀疑，但还是很好奇，想知道她下面还会说些什么。

"你会有一个，两个，三个，四个……不对……三个孩子。"我心猛跳了一下，心中很是疑惑，难道玛乔里听到我做的秘密祈祷了吗？我看看邓肯，发现他正在专注地听着预言。

"你会热烈地爱着别人，也会被别人热烈地爱着，不过"——这时，玛乔里把我的手抬了起来，使它和她的脸靠得更近，好像在检查她的预言准不准确似的——"他们并不一定就是同一个人。"我觉得自己的呼吸又热又急。邓肯则皱起了眉头。

"她的性格怎么样？手掌上一定也能看出些道道。"我意识到邓肯打算改变话题。玛乔里又眯缝着眼睛看了一下我的手掌。

"遮遮掩掩。不苟言笑。还喜欢嫉妒。你隐藏着某样东西……或许是一个伤口？"我颤栗了，仿佛突然间被暴露无遗。我抽回手来，站起身子。

"来吧，邓肯。轮到你啦。让我们听听，你藏着些什么秘密。"

战争已到了人人都无法忽视的地步了。梅纳德从财政部带来了有关齐柏林飞艇的可怕故事;茹伯特①在土耳其的战斗中战死。强制征兵已经迫在眉睫。邓肯的父亲同意租给他一个农庄,为的就是在他需要服兵役时或许可以借此帮他逃过此劫。

我们发现,农庄居然荒废成了那种样子,对此我们是没有心理准备的。果树被丢在那儿没人管,许多地方长满了杂草,有的地方居然不好走路了。鸡棚腐烂了,剩下的母鸡们不得不躲到一个废弃的粮仓里。几只营养不良的绵羊蜷缩在晒谷场的角落里,闷闷不乐地从一堆松松垮垮的干草垛里拖出几根草来咀嚼。至于母牛们的下落,我们压根儿就没有打算去查访。

邓肯和兔子在修剪着果树,我则着手在屋子里忙碌。我往已经斑驳脱落的墙纸上刷着涂料,取下前面的房客们留下的发了霉的印花棉布窗帘。我给窗帘和坐垫罩着上色,把我们的画挂到墙上。我轮流检查着每间屋子,整理出供日常生活和工作的地方。在尽其所能地把一切都安排得舒服些之后,我又帮着邓肯和兔子去农庄上干活。

我们一致决定需要把田地好好犁一犁。但是,虽然我们在外面的一间屋子里找到了一架还能用用的犁,却没有人能借给我们一匹拉犁的马。兔子天天绕着周围的农庄费力地走来走去找马。说法总是一样的:所有的马都被征用了。最后,我建议由我们自己来拉犁。这可真是件累断腰的活儿,仅仅过了几个小时,我们就不

---

① 茹伯特·布鲁克(1887－1915),英国诗人,早年就读于剑桥大学国王学院,为"使徒社"成员,与"布鲁姆斯伯里文化圈"交往甚密。一战爆发后加入海军,后死于战场。——译注

得不承认失败。我们精疲力竭、一瘸一拐地走回了屋子。

　　然而事物总还有好的一面。我们的日子过得既有意义而又安详宁静。听着孩子们在花园里玩捉迷藏的游戏,你会很容易忘掉海峡的那边还在打着仗。我在谷仓破损得最轻微的地方建立了自己的工作间,描画着院子里盛开的花朵。我们摘来苹果和梨子,我产生了一种满足感。和战争相比,我们之间这种反常的三角关系似乎倒成了一种正常、理性的状态,为我们提供了安全的庇护。每天清晨睁开眼睛,我都会默默祈祷,不要有任何事情来破坏我们平静的生活。

　　屋子里太冷了,我们就搬进一个可以生炉子的谷仓里。我睡在一张用箱子改造而成、和墙连为一体的床上,邓肯和兔子则在地板上铺上地毯睡觉。我把孩子们送到克莱夫那里,有好几个星期都没有见到他们了。当邓肯和兔子去照料牲口的时候,我就用能找到的不管什么东西来做饭。如果条件许可,我就画画。我画下树的轮廓,当大雪短时间内覆盖地面的时候,我也画下万物被银装素裹的样子。我认为,只要我耐心等待,一切都会变得好起来。在那些黑暗的漫漫冬夜里,当我们蜷缩在一起时,邓肯欲望中那些不自然的烦恼慢慢地消失了。每天清晨,我都凝视着外面的冰天雪地,渴望着春天的到来。

　　当兔子第一次说出打算离开的计划时,我欢天喜地,就像获得了解放似的。这是我梦想了好久的事了。然而我也明白,我得小心从事。当我们终于可以搬回屋子里住的时候,我把邓肯为他画的肖像挂到壁炉上方,作为对他曾经在这儿住过的一个纪念。我写信告诉他我们这里的消息。兔子在回信中则向我们详细报告了他在法国工作的情形,描述了他提供帮助的难民们可怕的困苦处境。我大声读着兔子的来信,邓肯一声不吭地听着。

　　新年的前夜到了。你穿着一件鸽灰色的、领口嵌有花边的裙子。伦纳德也在,分别给大家递着饮料。我坐在你对面,想用我在加辛顿过圣诞节期间知道的一些趣事来逗你开心。你看起来十分疲倦。你的双眼无神,让我看了很是害怕。我很想走到你身边,用双臂搂住你。但我并没有这么做,只是描述了大家都参加的童话剧表演的情景;还有奥特琳异常出色的乔装表演。我问你觉得怎么样。你还没有来得及开口,伦纳德就插进话来,体贴不尽,担心你是不是很累了。他说你该回去睡觉了,但你还是摇着头。我看见你振作起精神来,先是问了梅纳德一个问题,然后又问了克莱夫。伦纳德犹豫了一会儿,后来看出实在没法儿说服你,只好又回去继续当他的男主人。谈话不可避免地转向了战争。

　　"这么说,你觉得那是无可避免的喽。"没有人会被克莱夫缺乏想象力的腔调骗住。我们都向前倾着身子,去听梅纳德的回答。

　　"是的。最近几天,随着战事进展,一定就会宣布了。强制所有年龄在十八岁到四十一岁之间的男子服兵役,只要他没有需要由他独自赡养的亲属。"

　　一阵沉默。人人都在暗自思量。邓肯随后打破了沉寂。

　　"我就简单地拒绝。他们能对我怎样呢?"

　　"抓起来关进监狱。还有强制劳动。一切有效的措施都会被

126

采取。"梅纳德的回答让邓肯的脸色都变了。我的眼前突然出现了一幅邓肯蹲监狱的幻象：他的精神完全垮了，不再能画画。

"一定总还有其他选择的吧，当然？"兔子首度开了腔。他大口喝完了伦纳德递给他的饮料。

"没错。可以申请豁免的。通常会以健康方面的原因。也有一些条款会对出于道德或宗教的原因而拒服兵役者网开一面的。当然，这是很有限的，而且视地方特别法庭对同类案件的第一次裁决而定。"

克莱夫呻吟了一声。

"我们都明白那意味着什么。那些法官可是些思想偏狭、自私自利的人。"

邓肯跳到一张椅子上，作势模仿起一个心怀恶意的地方法官的样子，闭上眼睛，鞭打着想象中的坏人，显得快乐无比。我们都被他的表演感染了。克莱夫唱起了皇家海军的军歌《统治吧，不列颠尼亚》，而梅纳德则继续列举一条条拒绝免服兵役的荒唐理由。兔子突然倒在椅子上，假装起一位打着呼噜、懒懒散散、饱食终日的法官大人来。伦纳德扮演的是一位糊涂虫将军，瞪着一张看不见的地图，抓着头皮在找他管辖的部队的方位。即便是你也摩拳擦掌，假装兴高采烈地在盘算着一场大屠杀。我们就这么表演下去，鼓掌喝彩，很高兴能从中获得一丝宽慰。战事的下一步发展将带来的严重后果由此消失得无影无踪。

有两条消息。第一条是，由农民们组成的陪审团全体一致地拒绝了邓肯和兔子拒服兵役的请求，当时我也在场。在连续好几个恐怖的星期里，蹲监狱似乎成了不可避免的事。为了使邓肯免于牢狱之灾，能够想到的一切办法我都去试过了。只要是有可能影响到案子改判的人，我都给他们写了信，请求他们为了我们而出面干预。最后，还是要感谢梅纳德的证言，第二次听证会我们终于赢了。邓肯和兔子的请求获得了准许，因为他们所从事的工作"对于国家有着重要的意义"。

那天晚上，我们三个人打开了兔子从法国带回的最后一瓶葡萄酒。我们肩并肩地躺在壁炉前的地毯上，仰面盯着天花板。我们都喝醉了，窗户上映出的夜色似乎反倒给我们提供了庇护。兔子目不转睛地盯着外面的黑夜，开始变起戏法来，结果地里满是成熟的玉米，院子里则结满了累累果实。邓肯又添上了下蛋的母鸡和成群的膘肥肉壮的绵羊。轮到我时，花园里一排一排地长满了蔬菜，我们还有了成串的干货和满壶满壶的腌制品。我们就这么一起幻想着乐园般的日子，身体交错到一起，直到战争于我们而言只是一个远在千里之外的地狱，一场疯狂的、熊熊燃烧、焚毁一切，但最后总还是会熄灭的大火。

第二天早晨，我起得很早，邓肯和兔子还在睡着。我迅速地穿戴完毕，提起里面还装着半条长面包、两只苹果和昨夜我们欢宴后剩下的一点点奶酪的包。我从外屋取出自行车时，天依然还很黑。我骑着自行车穿过草地，来到了小路上。昨夜我们躺在炉火前时，我就想到了我们之间唇齿相依的密切关系，想到了我们要好好活下去的决心。我在小路上蹬着自行车时，感到浑身重新充满了力量。凛冽的寒气让我感到振奋,更加强了我的决心。我清楚地知道我得做些什么。为了让特别法庭满意,邓肯和兔子不能像现在这样只为自己工作。我得为他们找到一份活儿才行。

在火车站,我买了一张票,在站台上等着火车。我竭力回想在刘易斯市场上我被简单介绍给黑克斯先生时的情景。火车来了,我把自行车举起来放进守卫的货车车厢里,然后走向二等车厢找自己的座位。我决心因我们的处境而进行恳求。这件事得当面做才好;一封信恐怕解决不了问题。

当我在庭院门口下车时,不由深吸了一口气。我把自行车靠在低矮的石墙上,朝屋子走去。前门微微地开着。我摁了门铃,一位身穿肮脏围裙的侍女出现了。我迅速解释了一下我的来意。侍女一句话也没有说,只是朝旁边的一座谷仓指了指。我于是匆匆向谷仓走去。尽管里面的灯光并不明亮,黑克斯先生还是一下子就认出了我。我急切地向他提出了一个个问题,他则嗯嗯地应答着。看来他很高兴会多出两个人手,因此答应让邓肯和兔子来工作。那么下面我要做的,就是要为我们找到一栋房子。

是你先告诉了我有关房子的消息。伦纳德在当地的报纸上看到了一则广告,你们两个已经先去看过一下了。你在信中急切地写道,那里似乎有我所需要的一切,如果我租下它的话,我们还能彼此再度互访。然而,我第一眼见到这栋房子的时候,注意的却尽是缺点。

可还是有什么东西硬是把我拽了回来。当我沿着崎岖的小路回来时，天上乌云一片。这一次，当我从门口走进来时，周围的一切却打动了我。屋子前面有一个池塘，被树林包围着。正在我仔细端详的时候，太阳冲破云层钻了出来，把长在铁线莲上的白色的花朵染成了一片银色。屋子还有用红色砖块铺砌的屋顶和装饰的窗户，和屋顶相比，窗户显得太大，仿佛建屋子的人当初弄错了尺寸似的。

一位姓斯泰西的先生把我让了进来。光线从巨大的窗户外直泻进来，当这位先生带着我穿过一间间房间时，我的心开始剧烈地跳动。这里有着足够的居住空间，我在脑海中已经勾勒出了一个计划。这间屋子可以做克莱夫的卧室，那一间可以做梅纳德的书房；这些是邓肯和孩子们居住的房间，还有一间可以做我的画室。有一道侧门恰到好处地通向花园。花园里，金盏花、罂粟花、毛地黄花和矢车菊遍地盛开着。我似乎已经听到了孩子们在花丛中玩耍时无忧无虑的大叫声。我还想象出邓肯在小径上画画、客人们在草地上闲逛的情景。而在所有这一切的中心，我看见了自己，是那么的生机勃勃，聪明能干，并被大家宠爱着。我拿定了主意。我转身对着斯泰西先生，告诉他我会长期租下这栋房子。

第七章

　　我用手擦了一下额头，向后一仰坐到了地上。我能感觉到大地的温暖。我抬头仰望着一朵朵白云在蓝天嬉戏、追逐，像个孩子似的紧紧盯着它们变成的各种动物或者城堡。我拾起红花菜豆的秧苗，仔细地把它们一棵棵地分开。我把它们种到事先挖好的小坑里，把土在秧苗的根部填好。秧苗细细的卷须闪闪发亮。它们不久就会盘绕在我插在土里的枝条上，向着太阳迅速生长。

　　在查尔斯顿安家可不容易。整栋屋子既没有水也没有电，虽然梅纳德给我们送来了家具，许多房间里还是空空如也。我用水粉刷了墙，用印度红和钴类颜料与白色进行调和，但却没有多余的时间加以进一步的装饰。由于战争，一切都越来越匮乏，邓肯和兔子又得每天外出工作，因此，在花园里忙活成了我的头等大事。有时，在除草或播种的间隙抬起头，我会把一间屋子想象成一幅空白的画布，努力在脑海中构思出一幅画来。我想象着在邓肯房间的窗户上方画出一条蓝色与黄色相间、闪闪发光的饰带的模样，为了和它相配，还可以在窗台下面再画出绿色与褐色相间的圆圈。我找来一根木棍,在邓肯房间的门上描出了一只插着百合和罂粟的花瓶的轮廓。我心想,不知画的这些花儿,是不是因整天忙于花园里的农活,没有时间画画而对自己的一种补偿。食物非常匮乏,我们需要利用每一寸土地来栽种蔬菜和果树。

我思考着自己所做的事。我已经通知克莱夫,不打算把孩子们送去上学,而是在这里自己教育他们。我为他们雇了一个家庭女教师,为了增加收入,另外还收了一些学生。我把已经把种子撒到萝卜地里的一棵蒲公英挖了出来。我对朱利安很是担心。昆汀对教他的各种课程很开心,可是不管我要朱利安做什么,他却总是捣乱。只要我一转过身去,他就开始做起小动作。我只要对其他孩子稍有关心,他也很是嫉妒。就在昨天,我正在帮安娜-简完成静物写生,朱利安却把那个装着水果的碟子推到了地上。

我打开包裹,取出邓肯从农场带回来的植物种子。还有那么多事要做呢。我用手指挖出种豌豆用的小坑,把豌豆种子撒播在柔软的泥土里。我的视线穿过花园,向远方的地平线望去。菲尔山脉在远方矗立,它巨大的山顶显得光秃秃的。在这里,我没有一个可以信赖的人。我就像是一条船上的船长,必须独自对一切拿主意,并承担一切后果。有时,晚上我躺在床上时,似乎能听见所有那些依靠我生活的人混在一起的呼吸声。我必须要让我驾驶的航船驶向安全的地方。一只黄蜂在我的面前嗡嗡地飞来飞去,我挥手把它赶走。去年收下来的一些水果已经烂了,堆在院子里,我也没时间把它们埋起来。我播好豌豆种子,在裙子上把手上的泥擦干净。该是给孩子们上法语课的时间了。然后,我还得给邓肯和兔子准备好汤，他们工作一天回来后总是累得精疲力竭，吃起来也是狼吞虎咽的。我站起身来，就在这时，我听到远方突然传来的一阵低沉的声音。我开始意识到这是枪炮的声音。我第一次听到了战争的声音。我痛苦地大叫了一声，吓得榆树上的秃鼻乌鸦们慌不择路地向远方飞去。

你和伦纳德一起来了。你们到的时候，我正坐在客厅里，在壁炉周围的瓷砖上画画。上午我一直待在花园里干活，衣服上沾满了泥巴。我给孩子们放了半天的假，我一边画着，一边听着朱利安和昆汀用自制的枪支在残存的灌木丛中模仿打仗的声音。我匆匆用一块破布擦干净双手。你穿着一件深蓝色的裙子，领口开得很大，我注意到那是来自罗杰的欧米茄工作室①的设计之一。我清出一块地方让你们俩坐下，然后到厨房里去沏茶。

我回来的时候伦纳德已经不见了，只有你一个人在仔细端详我在瓷砖上画的图案。我把茶盘放到我们俩之间的地板上。

"伦纳德出去找孩子们了。"你带着解释的神情说道。你向一块瓷砖那里俯过身去。"你画的这是大海吗？"

我看着你手指的图案，心里却总在想着自己该跟着伦纳德，去把孩子们叫回来。我知道他觉得我对孩子们过于溺爱和纵容，照

---

① 欧米茄工作室(Omega Workshops)，1913 年 7 月由罗杰·弗莱倡议成立于布鲁姆斯伯里费兹罗伊广场 33 号，主要帮助一些年轻画家发挥艺术之长从事室内装饰，如碗、花瓶、桌椅、窗帘、地毯的制作等。1919 年 6 月宣告结束。——译注

他的意思,对他们管束得再严一些会有好处。

"我觉得我是想到大海的,虽然这里使用的色彩和图案自然是最清晰地出现在我脑海中的东西。"

你思考着我的回答。

"那么,如果你想的并不是某一种特别的海上风景,这里画的又是什么意思呢?"你的手指划过瓷砖中部下方一道黑色的直线。"我还以为那是一座灯塔呢。"

我看着那道直线。我记得当初画的时候,想到的是那些蓝色的漩涡需要有一个能够把它们稳定住的点。

"我并不确定这道直线有什么特别的意思,当然,你如果把它看成一座灯塔,我也并不反对。"我端起茶壶,倒出两杯茶。你还在端详着瓷砖。

"但是如果它不是一座灯塔——或者说确实没什么特别的意思——你为什么把它画在那里呢?"

我在茶里加上牛奶,递了一杯给你。窗外传来一阵让人毛骨悚然的尖叫声,我向外望了一眼。花园看上去是那么的寥落。

"蓝色需要它,整幅构图也需要它。它可以让视线获得凝聚。"

可你根本不让我有喘息的机会。

"这么说你打算把观画者也包含在画面之内喽?"

"当然。尽管在作画的时候,我并不能肯定对自己的观众考虑得很多。"

"听你这么说,我很高兴。虽然事实上,我担心的倒是自己对读者考虑得不是很多。我写作是因为它给我提供了一个深入某种事物的机会——有了这个机会,我才能够进入某个世界,不然就会被排斥在外的。而你——如果我理解得没错的话——面对的却是一个截然相反的问题。你始终在内部,你所面临的挑战,是为那些在你作品外部的人找到一个合适的视点。"

我站了起来。

"你对我所做的想太多啦。对我来说,画画之所以是第一位的、最重要的事……是因为可以不用再去体验情感。"

我已经说得够多的了。我披上披肩,打算去找孩子们。我还没有来得及出去,伦纳德就从花园里回来了。

"你找到他们了吗?"我脱口而出。伦纳德摇着头,皱着眉。我知道他对孩子们玩起来无法无天是很不赞成的。他坐到你身边,我给他也倒了一杯茶。他把你的丝巾绕到手指上,和你越靠越近,手指已经触到你的脖子了。你抓住他的手,亲吻了他的手掌。我低下头来看着自己的茶杯。我想到自己夜夜不得不孤枕独眠,心头隐隐作痛。窗外传来石头碰击的声响。我抬起头来,看见了一张脸。

"托比!"

你瞪着我,脸上浮现出一种既痛苦又不相信的神情。我站起身,向窗户走去。昆汀出现在门口,头发乱糟糟的,手里还拿着一把木头做的剑。他哥哥跟在他后头。

"很好。你们来了。朱利安,进来喝点茶。"我刚喊出他的名字,就意识到了自己的错误。朱利安是托比的小名儿,我在不安中把他们两个混起来了。你可是从来不愿意我把朱利安喊作托比的。两个孩子依次进来，坐到你身边的地板上。他们踢来踢去，推推搡搡，希望你注意他们。你拿他们脏兮兮的样子取笑，从包里掏出糖果给他们。无论你说什么，他们都是又笑，又拍手的，显得言听计从。我开始担心他们会对我越来越疏远。

在这之后，我几乎就没怎么说话了。你讲了一个故事，孩子们温顺、安静地坐在你身边。我注意到你手指上戴着一枚我以前从来没有见过的戒指。你该走了，我看着你走过门前的小路，胳膊和伦纳德的挽在一起。孩子们则跟在你身后蹦蹦跳跳的。

我请你坐在那儿给我当模特。我以某种方式调整了时间。我把画架支在了花园里，想着如果我只是让你坐在椅子里做做白日梦，可能会更容易些。我知道你非常讨厌被人盯着看。我描出了你椅子和身体的轮廓。我涂抹着你裙子上那种温暖的赭色，还有你鲜红的领结的模样。我作画的时候，所有的孤独感一扫而光。我所有不得不忍受的伤害和失望也都渐渐褪去，直到留下的只有面前的景象，以及我的手富有韵律的移动。我想起了母亲坐在圣艾维斯的花园里椅子上的模样，午后，她获得了几分钟的安宁，合上双眼休息。我用画刷再现她双手的爱抚，她充满爱意的双臂的搂抱。我画出你的帽檐，你的头发。我勾勒出你鼻子的曲线，还有你嘴唇的弧度。当你面部的特征被勾勒出来后，我停下来检查效果。我失败了。我拿起刀子，把画出的部分刮得干干净净。我凝视着你闭拢的眼睑，以及你倚在椅子上休息时后脑勺的模样。我把你椭圆形的面部都用肉色来加以处理。我再审视自己的画。这回,你的面部表情显得空洞而又茫然。我把画刷搁到一边。我画出了我心目中你的模样。

冬天很冷。早晨,我从床上匆匆爬起来,用一张旧毯子把自己裹上,向厨房走去,因为我要为邓肯和兔子准备早餐。我把水壶放到壁炉的搁架上,然后开始切面包。我把能找到的吃的都装进两只帆布包里给他们当午餐。当邓肯和兔子蜷缩着走进厨房,勉强把生着冻疮的手套进手套,把生着冻疮的脚塞进靴子里时,天还黑着。我放在地板上,接从开裂的屋顶渗下来的水的盆子冻得严严实实的。我们的水管也被冻住了。我们不得不在上午走很远的路,提着水桶穿过田野,到泉边去取水。邓肯和兔子正在农场收获甘蓝,我想不明白他们怎么能掘开硬邦邦的土地。我把开水灌进茶壶,用一把调羹在茶壶的边上挤压着茶叶,竭力想让茶的味道变得浓一些,虽然这一点也不管用。我们只剩下一点点茶叶了,而咖啡也已经有好几个星期都没有得喝了。邓肯心怀感激地接过了一杯冒着热气的茶。他看上去十分疲倦。他本来就没有兔子那么壮实,几个月来的辛苦劳动更是使他变得形销骨立。他的双眼因缺少睡眠而浮肿,皮肤枯槁如纸,就像废弃不用的文件似的。我真想把他搂进怀里,让他睡到我的身边,紧紧拥着他入睡。可是,我并没有这么做。我只是用火钩耙了耙火,接着给孩子们准备早餐。当邓肯和兔子吃完了早餐,我便亲吻他们,送他们出门,从门口看着他们拖着沉重的步子走出小径,直到寒冷使我不得不回到屋子里去。

战争越来越逼近了。它的疯狂也已经渗透到我们这栋房子里。它透过每一扇门、每一处裂隙偷偷摸摸地蹩了进来，无形无迹，却又像瘟疫一样蔓延和邪恶。朱利安狠狠打了他的家庭女教师，害得我不得不对她的脸进行冷敷。在这个家里，我再也找不到什么可靠的帮助。一天上午，已经十点钟了，艾米莉才到。当我责备她迟到的时候，她却宣称辞职不干了。她告诉我说，如果为战争制造军用物资，她可以挣到更多的钱。食品短缺越来越厉害。邓肯现在累得要死，总是会在吃晚餐的时候就呼呼大睡。兔子和我最后经常得把他拖上床去。我也很想睡觉。我渴望的是把被褥蒙到头上，在一个完全不同的地方醒来，在那个地方，可以不用像现在这样经受苦难。

　　我躺在床上，听着林间的风声，竭力不去听从海峡那边传来的枪炮的轰鸣声，或者兔子停留在我房间门外时慢吞吞的脚步声。他还没有放弃和我睡觉的企图。我闭上眼睛，希望他的冒犯行为能够过去。

　　突然传来一声喊叫。我坐了起来。有好一会儿，我不能肯定这叫声究竟是真的呢，还是出自我的幻觉。接着，我听到"砰"的一声重击，一声怒吼，接着又是一声。我从床上扯下盖毯，向门口奔去。外面很黑，我站住谛听。怒吼声来自另一头的那间卧室。我推开房门。地板上，是邓肯和兔子两个人赤裸而又蠕动着的身体。

在烛光的映照下,他们的影子大得吓人。

"我要教训教训你!"兔子竭力把身体压到邓肯身上,嘴里发出压低了的吼声。两个人的身体扭到了一块儿。

"你这个婊子养的!"邓肯的声音因为痛楚而显得很干涩。我看见兔子使劲儿用拳头捶打着邓肯的胸膛。我取下裹在肩上的盖毯,用力向两个男人掷去。我的行动取得了意想中的效果。

"起来。"我把盖毯拉开。"就现在。"

兔子跌跌撞撞地站了起来,身上汗津津的,一边还在做着防御的姿势,血从他嘴上的一道伤口里流了出来。邓肯还是一动不动地躺在地板上。我能听见他费力的喘息声。他慢慢地坐了起来。我帮他站了起来。他用胳膊搂住我的肩膀,摇摇晃晃地,竭力想恢复身体的平衡。我把他带回我的房间。

我知道,最好还是不要问这场打斗的起因是什么。我上了床,躺在邓肯身边,用胳膊把他抱在怀里。当他把脸埋在我的胸口时,他哭了。当他的身体插入我的身体时,我不知道他心里想的究竟是兔子还是我。

玛丽答应为我做模特。我不再介意她成了克莱夫的情人这一事实。我让她低垂着头站着,向下俯视着地面。她的头发被编成了一条辫子。开始,我没有把握究竟该把她的双手放在哪儿。我试着先把它们搁在玛丽胸前,然后又让它们垂在她身边。这两种姿势都不行,显得太开放、太主动了。我要玛丽把双手放到辫子的位置,好像她正在编辫子似的。这个姿势不错。它使得内省和对外部表象的关注彼此很好地协调在了一起。我迅速地确定了她身体其他部位的姿势，然后把注意力转向了浴缸。在经过了仔细考虑之后，我决定让浴缸稍稍有些倾斜，在基座上加上一道水平线来破坏它原本的圆形。我在浴缸的边沿抹上了银灰色，中间还间有黑色、白色、青绿色和粉红色构成的色带。在涂抹浴缸底座的颜色时，我犹豫了好半天，不知该用我已经在边上涂抹的颜色呢，还是计划中涂抹地面时使用的厚重的古铜色和金色。最后，我把两种颜色混合到了一起。我还在浴缸后部的拱形空间画了一只花瓶。我选择了以红褐色为阴影的胭脂红色，构成与宁静安详的对比。为了选什么样的花放到花瓶里，我想了好长时间。我画了花园里有的各种花卉，紫色和黄色的蝴蝶花，还有沿着墙边一溜盛开的绣球花卷曲的花球。可是看起来都不对劲儿，于是我把它们又全部放弃了。后来，我呼应着拱形部分的弧度，画出了三根彼此分离的花茎，其中两根朝右，一根向左。我在每一根花茎的顶部都画上了一朵椭圆形的郁金香，选用的是我先前调配好，准备用来涂抹花瓶的那些红色。最后一刻，我给向左的那一朵孤独的郁金香涂上了淡淡的柠檬黄色。我不知道自己为什么这么做，但却感觉到有一种要把那三朵花分开的需要。这样，当其中两朵花彼此亲昵的时候，第三朵花就得保持超然于外的距离。

我继续画我的人物。我对她的头和双手都感到满意，但是，我为她设计的白色无袖内衣却显得太软了。我决定放弃那件内衣，而把人物画成裸体。我本打算请玛丽再为我当一次模特的，但是，等到我开始描画胸部和肩部的轮廓时，我意识到自己可以创造出需要的各种线条。由于没有活生生的模特影响,我于是用原来准备涂抹地板的金色和浅浅的橘黄色构成人物肌肤的色调。当人物与背景渐渐融为一体时,她同时创造出既从观众面前退隐,而又独立于浴缸周围的一切的双重效果。

我把这幅画在画架上留了好几个星期。内心的某种情感使我很不愿意把它取下来。我发现自己会不时来到这幅画面前,驻足、凝视,有时竟然会整整停留一个小时。我既被画中人物的静穆所吸引,也迷恋于存在于浴缸线条所表达的那种封闭的潜质和其中心那种不屈的裂隙之间的矛盾性。还有一点让我陶醉,那就是我本来在浴缸边上抹上银灰色是为了营造一种沉思默想的效果,现在,由于地板使用的是一种富丽的金色,结果在映衬之下,那些银灰色又具有了一种冰清玉洁的色调。最后,我取下油画把它包裹好,打算交给罗杰去出售。我给他写了一封信,告诉他我觉得自己的这幅画达到了现实主义和抽象主义的平衡。我没有坦白的是,我对此非常有把握。

"你没有权利嫉妒!"罗杰这话是对邓肯说的,邓肯刚把一张凳子拖到炉火面前,正对着蹿动的火苗出神,神情悲惨。

"我同意这话。这是两性之间彼此吸引造成的。兔子和芭芭拉。毕竟,还有什么比这更自然的呢?"克莱夫懒洋洋地躺在沙发上,一口一口地抽着烟。我坐在扶手椅上织着东西,一边竖起耳朵听着这场对话。

"你是不是说,男人之间爱的强度不可能达到男女之间的那样?"我听得出,邓肯的声音中充满了痛苦。克莱夫等了一会儿才又开口。

"我的意思是,差异很重要。正是由于差异,爱情才会滋长。"

"那不是爱情!"罗杰从他的椅子里直起身子。"无论如何,为什么一个男人就不能与另一个男人之间产生足够的差异呢？如果说差异正是诱发爱情的魔棒的话。"

"无论是差异还是别的,我都不想再看他一眼了!"邓肯现在的口气变得蛮横无理。他从篮子里取出一根木柴,扔进了火里。火焰蹿了起来。

"我还记得自己的初恋呢。我当时才十七岁吧,或者是十八岁的样子。"我们都注意听罗杰讲他的故事。即便是邓肯也回过头来。"我爱上的这个女人是我以前无意中见过多次的。后来有一天,我在街上从她身边走过时,注意到她脸上有一种好奇的神情。她的眼睛睁得很大,几乎像是要和别人争什么东西。她看起来好像对自己很满意,仿佛还在找什么——她似乎刚吃完一顿美味大餐,依然意犹未尽。就在这之后,我忍不住地总去想她。我老在想象那一双热切的眼睛转而盯着我看时的情景。到我再见到她的时候,已经太晚了,她只是被我的幻想笼上了一层薄纱而已。我不可能再见到之前我见过的那种样子了。我曾经无可救药地坠入情网,然而那只是我对她的幻觉使我这样的,并不是她说了什么,或做了什么。"罗杰说完了,陷入了沉默。我们都坐在那里,想着各自的恋爱经历。克莱夫第一个又开了口。

"确实存在某种幻觉。不过,我相信幻觉当中也包含真理。让你坠入情网的那个人身上，一定有某种东西激发你产生了那种所谓的幻觉。你看见了某种品格并对之作出回应，对方身上的诸多美德值得你付出所有的感情。"

邓肯哼哼唧唧地。"你把它说得太玄乎了吧！当然，它两方面都会包含——一方面是你固有的本质，另一方面是你感知他人的方式，你所见到的与你自己性格相吻合的方式。但是，应该还有天然的情感存在——比如希望、挫折、需要……"

克莱夫爬了起来，恢复了坐姿。"反正，如果我觉得不想和某个人上床，我就决不会和这个人上床。"

"从道理上说我能理解，"罗杰插了进来，"问题不在于兔子不想和邓肯上床，而在于他还想和芭芭拉上床。"

"但愿只和芭芭拉一个人！"邓肯的玩笑显得无精打采。

"无论如何"——克莱夫举起了手里的烟管，勉强中断了自己的思绪——"总得要相互需要吧。不然人就要自讨苦吃啦。这也不够体面——我是说，想要满足欲望，却总也得不到满足。它会整个儿把你吞噬掉，到头来，你甚至无法看清这有多么不值。"

我已经记不清楚自己是什么时候不再听下去了的。我甚至不能确定究竟是自己准确无误地听到了这些谈话呢，还是饱经痛苦的脑海自己想出了这些话。我唯一记得的，是什么时候收拾起手中编织的东西，悄悄地退出了房间。我上了楼，心中祈祷着窗外高悬着的银色的月牙儿能够把我接上，偷偷带走。我进了房间，躺在床上。我把头埋到枕头底下，让棉枕套上的丝丝凉意沁入额头。虽然我闭着眼，但一个个形象却在眼前忽隐忽现。邓肯跪在壁炉前,脸上的线条如刀刻一般;你和伦纳德挽着胳膊,消失在屋前的小径上,孩子们跟在你们的身边蹦蹦跳跳的。我的手指合拢,两腿蜷缩到胸前。我保持这种姿势有多久,连我自己都记不清了。

响起了轻轻的敲门声,烛光也亮起来了。我勉强睁开眼睛。邓肯跪在我床边的地板上,轻轻抚摩着我的头发。

"尼莎。"他的声音忽高忽低的,显出悔恨和自责。"我真的很爱你。你知道的。"

我说不出话来。我抓住他的手,把它贴到我的唇上。现在,我知道,只要我愿意,他是会上我的床的。我把盖毯拉开。我们彼此十分温存。当我们做爱结束的时候,我一动也不动地躺在他的臂弯里。我凝视着从未合上窗帘的窗外射进来的月光,对痛苦的暂时结束心存感激。

我倚在某个可以叫做隔间的地方,看着你挑拣铅字。你把每一个铅字都倒着放在底座上。当你排完了一行字以后,你就在铅字上方设一条分隔带,仔细地放好后再开始排下一行字。

"只要你熟悉之后,这真的是一种休息的好方法。"你一边说,一边把排完的一句话给我看。我努力想辨认出这行倒过来放的单词的意思是什么。你从底座取回铅字,分别放回不同的盒子里去。你的手指是那么的灵活,让我惊叹不已。我很嫉妒你那种安详、投入的表情。

"当然啦,"你接着说,"我们在熟悉机器的时候,也有一段日子很难过的。我们只有一本指南性质的小册子，伦纳德对机械的知识又只是三脚猫。"

我想象着你和伦纳德一起研究小册子，以及取下出版社印刷出来的第一页文字时因胜利而拥抱到一起的情景。

"这么说，你们打算印什么类型的书?"我问道。

你笑了。

"这都取决于我们能多快地掌握印刷技术！这会儿，我们考虑先印凯瑟琳①的一部短篇小说，还有汤姆②的一本小小的诗集。或许还会印一些散文。我们先印的是两篇小说，一篇是伦纳德写的，一篇是我写的。"

我打了个哈欠。我从桌边站起身来，走到敞开的窗口，把双肘支在窗台上。你把我喊了回来。

"卡琳顿③为我们搞了一些木刻作品。我原来都不知道她那么有天分，直到利顿给我们看了她的部分作品。我们已经成功地把它们印刷出来了。你想看看吗?"

你把一页上面印有四个图案的纸递给我。图案简洁、轻快而大胆的线条给我留下了很深的印象。

---

① 指凯瑟琳·曼斯菲尔德(1888－1923)，20世纪初英国女作家，以描写内心冲突的短篇小说著称，代表作有短篇小说集《幸福》、《园会》等。——译注
② 指 T. S. 艾略特(1888－1965)，20世纪英国诗人，剧作家和文学评论家，对20世纪英美现代派文学和新批评派评论起到了开拓作用，代表诗作有《荒原》和获得1948年诺贝尔文学奖的《四个四重奏》，还有诗剧和批评文集等。——译注
③ 多拉·卡琳顿(1893－1932)，英国女画家，装饰艺术家，科顿·斯特雷奇的伴侣。——译注

"你打算怎么用这些木刻呢?"我问道,又回到桌边坐下。

"我们可以把它们印到书的护封上,也可以作为扉页画,甚至可以插到文本当中。可能性是无穷无尽的。"

"你的意思是可以把这些木刻作品和文字一道印刷?"

"是的。这么做并没有多难。只要我预设好了图案所需的空间,就可以简单地把模子套上去。"

我问你,是否可以把已经印出来的文字带回家看看。那天晚上,大家都上床之后,我取出你送给我的短篇小说。这一回,我读着读着,你描绘得绘声绘色的花园栩栩如生地浮现在我的眼前。现在,当我逐字逐句地读着你的文字时,脑海中也闪现出各种各样的思绪。我找来纸和炭笔。我在你的文字四周画出了花朵、花茎和叶子。我画出了两位在花园中谈话的妇女,她们相互说着悄悄话,帽子微微地倾斜着。我迅速地、激动地画着。很快地,我就在你的短篇小说周围画满了插图。在有些页面上,我只是做了简单的边缘设计,在其他页面上,我则画上了更精致的插图,那些来自花园中的意象,以及装饰图案。早晨,我把你的短篇小说包好,寄回给你。在包裹里,我加了一张便条,告诉你我很高兴能在小说里加上插图。当我回去干家务活的时候,我发现自己的精神又变得生机勃勃的了。我看到了印刷出来的你的短篇小说,每一页的醒目位置上都有我的木刻插图。①

---

① 该小说指的是伍尔夫的实验小说《邱园记事》。文尼莎·贝尔为1919年和1927年先后出版的《邱园记事》画有大量精美的页边插图,成为姐妹艺术的最好例证。——译注

嗨。我又要有孩子了。尽管对邓肯的爱给我带来了那么多的痛苦，但毕竟还给我带来了爱情的结晶。我在床对面支起镜子，站到镜子面前。虽然，几乎还看不出有什么明显的变化。我的双乳有少许的肿胀，乳头周围的皮肤微微地起了一点皱褶，腹部确定无疑地鼓了起来。这时，腹中的胎儿还更像一个幻想，一座海市蜃楼，显得不够真实。我抬起眼睛看着自己的面容，看到有一个小小的人形映现在我的瞳孔里。我想到了你，你正俯身在写字台上，创作着一部新的小说。你所取得的成就大大超过了我。突然，我感到了腹中有一点隐隐的动静。我把手放到肚子上。我眼中的人形在闪闪发亮。

我决定在家里生下这个孩子。圣诞节即将到来，我做了一系列的计划。战争结束了，尽管食物的匮乏仍在持续，但我还是找出了时间在房间里工作。我擦洗了卧室的地板，在上面涂上了富丽的金褐色，蜂蜜的颜色。我给新窗帘和床上的一块盖毯都染了色。我还在墙上、天花板上和门上都画了画。圣诞夜那天的五点钟，我的羊水破了。兔子骑着自行车去找医生，邓肯则帮我回到房间。生产很顺利。在子宫收缩期间，我靠在壁炉架上保持身体的平衡。孩子一生下来，我就要求把她抱过来。医生点头表示同意。助产士把婴儿裹在一条干净的毛巾里递给了我。婴儿的小手指蜷曲着，就像一颗小小的星星。我把新生的女儿紧紧贴在胸前，然后把她放进父亲的怀里。

那天晚些时候，我们彼此交换了礼物。兔子仔细看着婴儿，当她睁开眼睛时，高兴地告诉了我们。他打趣说，一旦这孩子长大成人,他就会娶她为妻。当他俯身到摇篮里抱起婴儿时,我突然产生了一种恐惧,担心他也要把她给偷走。

我正在刻一幅木刻画。女儿就睡在我身边的摇篮里。我每过几分钟就忍不住看她一眼,心中惊叹着她的美丽。我正在刻浴缸的部分。这一回,我把人物直接安排在浴缸的前面。女人的眼睛依然俯视着地面;两手也仍然在编着辫子,但是现在她的身体俯向宽大的、圆圆的浴缸。拱形窗台上的那只花瓶里只有两朵花。尽管它们分别向不同的方向弯曲,但却显得无比的协调、匀称。我一边工作,一边为女儿想名字:克拉丽莎,雷切尔,海伦。我想不出一个足够好的名字配得上女儿。她是上天赐予的天使,是我默默祈祷后获得的馈赠。我一边在木版上刻着图案,一边幻想着她的将来。她会成为一位了不起的艺术家。在我失败的地方,她会取得成功。我刻着人物的腰身和腿部,直到它们拥有了和沐浴中的孕妇一样丰满的身体曲线。

第八章

"谢谢你能来。"

我跟着伦纳德进了客厅,分别坐在壁炉的一侧。

"她不舒服有多久啦?"我难以掩饰住自己的恼火;我们原来都商量好了的,让朱利安和昆汀待在你这里,这样我一个人照顾安吉莉卡就要容易多了。伦纳德叹了口气。

"她头疼已有一段时间了,不过是最近发作的一次流感才让她倒下来的。我想只能请你把孩子们带回去了。"

"我明白。他们在花园里吗?"

"是的。"

我站起身来,向窗户边走去,希望能看见朱利安和昆汀在花园里玩。在窗前的桌子上有几页纸,上面有你的笔迹,旁边还有墨水瓶和钢笔。我俯下身子想看得更清楚些,发现这些纸上还有孩子们画的素描。我拿起其中的一张。

"画得很不错啊,"我说,仔细看着这些画。

"是啊,"伦纳德表示同意,"弗吉尼亚出了个主意,想让孩子们待在这儿的时候有事可做。她原来打算写一个剧本，可我还是说服了她。我觉得如果能让他们做点什么，而她又能坐下来，应该会更舒服些。我知道，没能和他们一起把这个故事写完，她心里很难过。"

我瞄了一眼画上一个女人的卡通形象。她戴着一顶大草帽，正心急火燎地骑着一辆自行车。

"她真的病得很厉害吗?"

"费格森医生很担心她的心脏。他希望她能去找威姆珀尔街的一个专家看看。"

我瞪着伦纳德。

"这么说，你觉得这次有可能是她的心脏出了问题，而不是老毛病啦?"

"我还不能肯定是否能把两者截然分开。不管怎么说，她当真同意不该再管孩子们了。"

"我可以看看她吗?"

伦纳德点头表示同意，于是我向你的卧室走去。我原以为你躺在床上，可你并不在那儿，而是坐在椅子里。你的膝盖上还放着一块写字板。我进来时，你抬起了头。

"我想我听见了汽车的声音。"

我坐到床上。

"安吉莉卡怎么样?"你问道，一边把纸整理成一摞。

"坦率地说，我真不知道。"我盯着地板，心里想着不知保姆在怎么对付安吉莉卡。

"尼莎……"你伸出手来。"我很抱歉。我让你精疲力竭了。你知道,我原来是多么希望能让孩子们留在这里。"

"真的吗?"我已经无法掩饰问话里尖刻的责备之意。

"当然啦。我还安排了各种计划,想和他们一起完成的。伦纳德坚持要给你打电话。"

"伦纳德怎么说,你就怎么做?"

你缩回手,放到腿上。

"我欠了他那么多,尼莎。你无法想象他为我所做的一切。"

我把头扭开。我想起了我们打电话时伦纳德声音中透露出的焦虑与关切,也想起了我们在客厅谈到你时,他脸上闪现的那种温柔。

"如果没有他,我就会茫然无措的。我只是希望有的时候……他能让我稍微活动活动翅膀。"

我想到了邓肯和兔子之间的那种关系,想到了他的老是不回家。

"那么,如果你能活动活动翅膀的话,你打算干什么呢?"

"喔,有好多事情可做。比如,生好多孩子。"

"现在还不晚啊。"

你以不屑的神情看着我。

"当然晚啦!我已经四十岁了。"

"我已经四十二啦。"

"可是对你来说什么都很容易的。"

我站了起来。我已经不愿就这些老话题再争论下去。

"我得去找孩子们了。"我向门口走去。

"最亲爱的……"我犹豫了。我听出了你话音中的悲伤。"你知道,我原来并不想自己的生活像现在这样。"我看着你坐在椅子里,蜷缩在盖毯底下,膝上摆着自己写的东西的样子。

"我很喜欢你和孩子们一起写的故事。"

"真的吗?"你的脸开始放光。"等我好一些了,或许你可以让孩子们再来待一段时间。"

我们一起坐在你新家的花园里,我们的躺椅面对着面。苹果树上,苹果花开得正盛,微风把粉红色和白色的花瓣吹落到我们的脚下。

"当然,"你说着,一边倒着茶,"最后不得不放弃阿希罕姆是个损失。"

我从眼角看到朱利安和昆汀在帮着伦纳德从一棵树上锯下一根枯死的树枝。锯子的声音不时地打断我们的交谈。

"不过,"你继续说下去,把一杯茶递给我,"知道我们有了这栋房子,总还是个安慰。没人能把我们从这儿赶走了。"

枯树枝断了,迅速跌落到地上。两个孩子踩到上面,开心地又是叫又是笑。

"我在想,你能不能来帮我们做些装饰。"

我抬起头来。我可没想过这一点。我不知道是感到高兴呢,还是觉得受到了轻慢。我当然可以要求付钱,以抵偿自己付出的时间。我问起你的工作进展。

"你真觉得这儿是个写作的好地方吗？"

"希望如此。事实上，我已经开始写一部新小说啦。伦纳德把它叫做我的幽灵故事。"

我挪了一下地方。我看到伦纳德和朱利安把枯树枝向木柴间拖去，沿途有一些花瓣掉落下来，像是一幅镶嵌画上的图案。不久，这些花瓣就会慢慢融进草地、腐烂并和潮湿的大地融为一体。

"幽灵是谁呢？"

你回答的声音很低，开始我根本没有听见。

"托比。"

我开口说：

"你是在写一部关于托比的小说吗？"

"是的。我原来并不是这么打算的。开始的时候，我想的只是你无论如何也无法进入别人的生活——我是说无法真正进入——结果到我真的动笔的时候，我关注的生活竟然是托比的。"①

我思考着你的回答。我想起了你在托比去世后写给维奥莱特的那些信。信里，你栩栩如生地编织着故事，仿佛他还活着一般。你踌躇着。

"我当时想，你会高兴的。"

我把一张画布放到画架上。我拿起了画刷。我手脚不稳地画着，画得很糟糕。我强迫自己一笔一笔地画着，把轮廓勾勒出来。

———————————

① 这部小说指的即是后来的《雅各的房间》。——译注

我这么做是因为不知道还有什么别的事可做。这幅画肯定是失败之作,对此我确定无疑。我画着门口和敞开的门。我在门的一边画了一把椅子和一张桌子,又在另一边画了一张椅子,背对着灌木丛。我把门处理在阴影里。这门毫无生趣,也显得太小了,无法填满整个空间。我又回过头来再接着画椅子。我为花园里的椅子画了一只蓝色的软垫,边缘是红色的。鲜明的色彩反而突出了那里的空无一人。这是一把可笑的椅子,位置恰在敞开的房门和花园之间,看上去倒像是在屋里而不是在屋外。我把屋内的那把椅子画得更漂亮些。我让它有一个圆圆的椅背,四脚雕刻着花饰。至于它阴影部分的色彩,我一时还无法确定。我试过灰色、褐色和蓝色。哪种颜色都不对头,不过我并不介意。我决定就这么让颜色处于意义未明的状态。我在椅面上又画了一个深色的四方形。这回,这个四方形代表的不是一只软垫,而是一本笔记本,因为笔记本的边页从封面和封底间漏了一点点出来,清晰可见。在这幅画的两边靠下部分,我各画了一块深色的窗帘,构成对椅子的衬托。我想强调的是这两把椅子的多余,让人注意到它们之间的矛盾。

我打开包裹,吃惊地看到上面的地址出自伦纳德的手笔。我抽出里面的纸页,把它们摊开到桌子上。我立刻注意到,伦纳德改动了我的木刻画的位置。我煞费苦心写下的种种注意事项压根儿没有得到重视。我因愤怒而浑身颤抖。我决不能让自己的插图因伦纳德可怜的判断力而毁在他的手里!我无法相信,你竟然允许他来践踏我的设计。我给你写了信,说明我认为你有多么傲慢但

154

又不专业。我告诉你,我再也不会和你或伦纳德一起合作了。

外面太冷了,不能再画画。我们于是把画架挪到了楼上,在这里我们可以看到外面的池塘。光秃秃的柳枝在澄澈的水面上映出奇怪的影子,仿佛是女巫的头发。我选中了花园的一角来作画,那里有两棵树、一堵墙,一块地,以及上面的天空。邓肯把他的画架放到了稍稍在我前面的位置。我画画的时候,能看见他一侧的头部和肩膀,还有他手的动作。我发觉,要想传递出光线的变幻实在是很难。我在树干上用了绯红色,而在墙面上则涂抹出一道珊瑚红的光带。光线又变化了。我往空中涂抹了银色和蓝色。邓肯停止了作画,在床上坐了下来。

"他打算结婚。我真的知道。"

我知道他指的是兔子。

"是啊,我想他会的。"

"马洛里结婚了。阿德里安结婚了。甚至梅纳德也打算结婚。他们都准备屈服。"

"就你一个人除外?"这个问题我差一点儿没有敢问。

"就我一个人除外。"

我抬起头来,看见了邓肯脸上那种绝望的表情。

"尼莎。我但愿是能够结婚的。"

我的手抖了起来。我意识到邓肯正在看着我,揣摩我会做出什么样的反应。我看着已经画出来的树、墙和天空。或许,只要我盯住这些东西够久,我就可以继续画下去了。

"尼莎。"

他希望我能宽恕他，告诉他说，不结婚也没什么区别。我凝视着窗外，注意到在那堵墙的隐蔽处，隐隐有一簇新芽冒了出来。我转身面对着自己的画布。

"我们把画画完吧。"

我们坐在查尔斯顿的客厅里。我们一直在听梅纳德做有关时局的说明，这个话题也引发了一场关于献身于伟大事业的智慧的争论。罗杰之前一直在拨火，这会儿坐了回来，接上了话头。

"你们真的以为人一旦参了军，还会自省吗？我正在想自己认识的一些人。他们会谈论战斗和种种艰苦，但绝不会谈及死亡。起码是不会公开谈及的。"

梅纳德向前俯了俯身子。

"不过，他们一定还是会想到这个问题的。特别是随着时间推移，死去的人越来越多之后。"

罗杰没有回答。他把报纸整整齐齐地折成六角形，然后塞进柴火堆里。

"我能想象的是同意放弃生命，只要能肯定付出这一代价能换来一个更好的世界。"邓肯的声音听上去像是从他所坐的窗边飘过来似的。

"哈！麻烦来了！谁能保证这一点？因为你会自问，自我牺牲换来的好处能延续多长时间。假如它持续的时间和你的生命一样长——如果是这样的话，我想还可以说达到了某种平衡，你的牺牲还算值得——但假如说它几年之后就渐渐消亡呢?"梅纳德语气中的悲观怀疑态度十分明显。

"不管怎么说,绝没有人能说服我,让我牺牲自己的生命! 假如船上只剩下一个座位,就是面对毕加索,我也会和他争的——如果说立锥之地都差不多要没了,我当然不会犹豫啦!"我们都嘲笑克莱夫的好兴致。罗杰点燃了一根火柴,把它放到纸和柴堆上,然后对我看了看。

"女性会怎么看这个问题啊? 我们是不是只暴露出了男人的局限?"

我看着火苗在跳动,贪婪地吞噬了那些纸。

"我能想象出自己准备好去死的情形——比如说吧,为了某个我所信仰的艺术家。"

我意识到罗杰在探究地盯着我看。我知道他心里在想什么。我读出了他无声的恳求:让邓肯走吧。

兔子的背叛什么也没有改变,只是邓肯现在到外面去寻欢作乐了。当邓肯不在家的时候,我的生活恢复了原来的样子。每一个清晨,当我看到邮递员背着大包来到门口小路上时,心中都会燃起希望。我奔到门口,在一堆来信中翻检,心中暗暗祈望其中有一封是邓肯写来的。我撕开信封,先是快速地扫视一遍,以便确定信里的基本意思是好还是坏。然后,我会仔仔细细地一行行研究,直至信的内容了然于胸。再以后,我会把这些信揣在身上,无论是在花园里干活,还是画画的时候,都会再透过字里行间细细揣摩,挖掘其中潜藏的种种信息。他信里的话在我的脑海里不断扭曲、变形，直到我自己也糊涂了，分不清"我希望你能幸福"这句话究竟代表的是"我沉醉在爱情当中，已经不再需要你了"呢，还是"我很想念你，很快就会回到你身边"。给他写回信既是一种快乐，又是一种煎熬。我坐在桌边，取出纸和笔。我把信纸摊平，同时也用这一动作让自己的头脑平静下来。在我冷静下来之前，我绝不动笔。只有这样，我才能相信自己不会写下那些要么威胁、要么乞求的话来。我尽可能地使自己的语句显得心平气和。这栋房子里的新闻、安吉莉卡、彼此的朋友们，还有所有那些我们共同分享的事。我不敢写下那些总在我脑海中盘旋的想法，不敢承认自己的孤独和思念。我只是议论议论那些玫瑰花，还有在墙上新画的画。我描绘的是家的种种魅力，所有那些有可能吸引邓肯回来的东西。

那天来的一封信中充满了不祥之兆。一个医生诊断出了伤寒。我几乎没有来得及把信读完，就在屋子里团团转了起来，扔下衣服，把各种东西往包里塞。我一把揽过安吉莉卡，匆匆奔向车站，心里唯一的念头就是必须尽快赶到邓肯身边。托比的各种形象不断在我眼前跳出来。当我们在火车上找到位置坐下时，我在肮脏的火车车窗上居然看见了安葬托比的棺木的影子。安吉莉卡紧紧偎依着她的保姆，被她妈妈的样子吓坏了。我们穿越了海峡，取道前往巴黎，就是在巴黎也不敢稍作停留。我一心继续赶路，疲倦不堪，头昏眼花，惊恐不已，生怕自己已经太迟。

我们从车站叫了一辆出租车。当车沿着窄窄的小巷一路行驶时，我一心想着尽快赶到邓肯身边。我们赶到了邓肯住的地方，我跳起来去按门铃。一位侍女把我们带进了客厅。我透过敞开的窗户,盯着外面修剪得整整齐齐的黄杨树篱。好不容易,一位穿戴优雅的女人出现了。我立刻认出她是邓肯的母亲。她和我握了手,感谢我对邓肯的关心。她向我保证邓肯正在恢复之中。我看见她瞥了一眼我们乱糟糟的衣服和行李。她的眼睛又转向安吉莉卡,嘴巴紧紧地抿成了一条线。当我询问是否可以见见邓肯的时候,她摇头表示拒绝,自信她有这个权利。她又问我们住在哪里。当我告诉她我们只是刚到时,她脸上的微笑几乎僵住了。她借口说我们一定累了,跟我们说再见,又耸耸肩补了一句,说等到邓肯痊愈,我们一定要再来。她让侍女送我们到门口。我们原先叫的出租车早就走了,我们别无选择,只能步行回到小镇上。

我没有地位。我既不是妻子又不是情人,既不算家人又不算朋友。我坐在旅馆的卧室里,盯着大海发愣。如果我从窗口努力俯身向外看的话,可以看见邓肯如今所在的那栋屋子。最后,我终于获准去看他,结果意识到反对我的并不仅仅只有他的母亲。我的到来让邓肯被别人取笑了。他几乎连一句话也不肯对我说。

我租了一栋小房子。我不再支付得起旅馆的房费,而我又别无选择,只能待下来。邓肯来看了安吉莉卡,他和我一边在花园里画画,一边欣赏地中海鲜明炫目的色彩,光线转瞬即逝的变幻。他对我的怒气渐渐地消退了。当他母亲返回英格兰以后,他搬过来和我一起住了。

你和伦纳德一起来看我。我们沿着海边散步到港口,享受着一排排屋子间窄窄的过道带来的清凉。你挽着我的胳膊,我们走到码头上停下脚步,看着渔民们卸下刚捕到的鱼。你告诉我,对邓肯和我一起画画时那种亲密无间的伴侣关系很是羡慕,而你却只能是个孤独的作家。你说,你和伦纳德之间的关系就像兄弟与姐妹,相互喜爱而又秋毫无犯。你对自己的好运是那么的信心满满,却把我的天空剪成了两半。我瞪着一群在码头尽头等待着她们的男人的、有说有笑、衣着迷人的年轻女子。你的话让我变成了被串成一串、吊起来晒干的海星,枯干裸露,几分钱就被卖给了过路的人。

我不断做着同样的梦。梦中,我正坐在窗口,看着外面的一个花园。我身上披着母亲的绿色披肩,身边还坐着一个男孩。他从一本杂志上裁剪着各种图样,显出专心致志的样子,皱着眉头。你在花园里,斜倚在一张帆布躺椅上,膝盖上放着摊开的笔记本。我看着你的手在纸页上不断地移动。突然,我意识到门口有一个人。我抬起头来,看见了一个男人的轮廓,但是阳光过于强烈,使我难以看清他的面部特征。我怀疑那是邓肯,但不能确定。他向我走过来,把手放到我的肩膀上。我注意到身边的孩子受到了打扰,变得不耐烦而又嫉妒。我意识到自己正被人需要着,尽管内心还是有些希望就这么安安静静地坐在窗边,身边还有自己的孩子相伴。我站起身来转向这个男人。让我吃惊的是,他竟然消失不见了。我向门口看去,除了门框和外面射进来的亮光外空无一人。我又向花园看了一眼。你的椅子也空了。证明之前你一直坐在那儿的唯一标志是那本笔记本。你把它留在了那儿的草地上，封面朝下。我回头找孩子，他居然也不见了，地板上留下的只有一堆剪纸。只剩下我一个人瞪着这茫无一人的所在。

　　我又重读了一遍邓肯来信的第一段。每次读到那个新出现的名字，我的心头都会掠过一阵刺痛。我盯着已经在草地上结籽的雏菊。一阵恐惧掠过我的全身。万一这回的恋爱持续时间很长，邓肯不再回来怎么办？我强迫自己注意脚下，开门出去。我在外面散步，直到黑暗笼罩了一切。

　　我回来的时候，朱利安还没有睡。他把头枕在手心里。我俯下身去亲吻他的面颊的时候，一种温柔的感情涌上心头。他睁开眼睛，用一种奇怪的厌恶的表情瞪着我，以至有好一会儿我都像是要被赶出房间的样子。我弯下腰再次亲他，可他却把我推开了。他从椅子上跳了起来，从我身边跑开去了。我跟着他进了卧室，可是他拒绝和我说话。直到第二天我才意识到，我出去散步的这天正是他的生日。

　　这个梦又不一样。我正仰面躺在地上，一边用手指抚摩着地毯上的图案。我摸索到了缠结在一起的花茎和叶子，还有大大的花形装饰线。我头顶上是熟悉的育儿室桌子的桌面。如果我转过头来，可以看到佣人们穿着裙子的双腿。她们一边洗着衣服一边聊天。我在她们旁边玩着，心里感到很是惬意。我的一侧身体感觉很温暖，如果我再转过头去，就可以看见托比。他的身体和我的挨得很近,乍一看去几乎很难分得清楚。我知道自己必须一动不动并保持安静,不然这股暖意就会离我而去。我正这么想着的时候,有什么东西在动。我不再有心思摸索花和叶子了。我意识到托比已经走了。他身体躺过的地方已经空了,冷了。我哭了,可是却无人理会。女佣们对这一切似乎视而不见。我又向下看,可是那些形状和色彩也全都消失了。什么都没了。我决定自己想出图案来填补那些空缺的地方。可是不管怎么努力,我还是无法用它们去取代已经失去的一切。

星期天,我一个人在家;我把孩子们送到克莱夫那里去了。有一段时间,家里没有访客。我坐在查尔斯顿的客厅里,从清晨时分就开始等待,心里奇怪着邓肯为什么还没有来。自从他来信说准备回来,我就几乎不再想到别的。我打扫了每一间屋子,做了装饰,竭力想让邓肯看了能够开心。既然他的恋爱已经结束,我就可以接受并承认这一事实,斩断情丝一定会很痛苦。我提醒自己,他需要有个地方来治愈自己的伤痕。我勉强自己不要对他强加任何要求,不要为自己争取什么权利。只要他能再次回到我身边,我就已经很满足了。

我看着光线透过窗帘的缝隙射到地板上。我有一千次地试图不去多想,为什么邓肯没有在他信中说的时间到达。我心里对这一时间记得不会更清楚啦。我会回来和你共进晚餐。餐室里,一切都还一动未动,鸭子已经在餐柜上的碟子里冻住了。我坐在桌边,看着蜡烛一点点地烧完。只要有一阵急雨落到外面的沙石上,或者一阵劲风吹过树林，我都会惊跳起来。最后，天蒙蒙亮了起来，我站起来走进了客厅。

等我听到邓肯的声音时，已是下午了。强烈的情感瞬间充满了我的每一根神经。我强使自己咽下这一冲动。我放在桌上的金盏花在阳光下显得生机勃勃。我忍不住地渴望他这次回来后就别再离开。

邓肯在门口出现了。他神情当中有某种东西，使我全身的血液都凝固了起来。他侧着身子从我身边走过，只是敷衍了事地轻轻拍了拍我的肩膀，然后便一屁股坐到了沙发里。好几个星期以来的等待，所有那些强压下去的孤独，一时都从我的心头泛起。

"昨天晚上我一直在等你。"

邓肯哼了一声，让自己更深地陷进沙发里。

"我很担心。我不知道出了什么事。"我克制着自己，等待邓肯作出回答。

"尼莎。我现在不是回来了嘛。"

我胸中的怒火在翻腾。我再也忍不住了。

"我想，你是不是以为我生活中的一切，就是为了等你？"

邓肯的眼睛眯缝了起来。我看见他盯着木头箱子上画的天使看。这是我们过去一起画的，当时我们边笑边争论天使的双翼该放在什么位置才好。有一会儿工夫，我心中充满了恐怖。我意识到邓肯很可能会永远离我而去。我马上进行了自我保护。我强压住自己的感情。

"我很抱歉。旅途之后你一定累了。我去弄点茶来。"

邓肯脸上恼怒的表情一直伴着我进了厨房。

　　天黑了，只有从窗帘的缝隙处，透进几点月光。我侧身躺着，竖起耳朵倾听。我的身体因为渴望而绷得很紧。我闭上双眼，想象着听到她上楼的脚步声。她会来的，对此我毫不怀疑。我想着她俯下身子亲吻我时胳膊凉凉的感觉，还有用戴着手套的手指帮我把散落的头发掠到耳后去的情景。我睁开眼睛，看着苍白的月光在墙面的凹槽里颤动的样子。我使劲儿想听见她的脚步声，可听见的却只是你在卧室那头传来的匀称的呼吸声。我还是毫不怀疑她会来。我竭力去想母亲穿的是什么衣服。我脑海中出现的是她身穿蓝色天鹅绒长裙的样子，裙子的皱褶垂落下来环绕着她，就像大海一般。我想，她得对所有的客人道晚安，我仿佛看见了他们匆匆在客厅里各自找着帽子、外套和雨伞的情景。我想象着马蹄在潮湿的鹅卵石上得得的声响，还有轻便马车车厢内那种摇摇晃晃、让人昏昏欲睡的温暖气氛。

　　我的双眼突然睁了开来。我坐了起来，掀起一角窗帘。天空中还是灰蒙蒙的一片。我可以看到树枝，雨水从树叶上滑落下来。我的失望之情汹涌而出。

　　屋子里，留声机尽情地播放着乐曲。有好几对人已经跳起舞来了。我对你在伦敦的新寓所内奢华的陈设很是吃惊。椅面上均用鲜亮的黄色格子图案重新装饰过，壁炉台上有绿色的玻璃饰物，灯也全都是新的。你正在和一个我不认识的女人谈话。我研究着

164

她一股脑儿往后梳的黑色短发、深邃的眼睛和充满挑逗的双唇。我想起了你上次给我写的信，里面提到见过萨克维尔家族的一个女儿，小说家薇塔·萨克维尔-韦斯特①。你是这么形容她的：光彩照人，有贵族血统，看上去傲慢自大，穿得活像一只长尾小鹦鹉。你受不了她所属的那个圈子的无聊谈话，觉得不会再见她了。吉格舞曲欢快地响了起来。我看着你搂着薇塔，半是玩笑、半是命令地带着她走到屋子中央。所有的眼睛都盯着你们俩看。薇塔穿着艳丽夺目的橘黄色丝绸裤子，头上戴着两根黑色羽毛。你翩翩起舞，换成了一种新式舞步。当你让薇塔绕着你旋转的时候，你把双臂举过头顶，显得是那么的自由奔放。乐曲又慢了下来，你把面颊紧贴在薇塔的胸部，踩着二步舞的节奏，摇摆着髋部。一曲结束，大家都对你们的舞蹈报以掌声。你对你的观众环顾了一圈，深深地鞠了一躬，面颊潮红，显得心醉神迷。你带着薇塔走到室内摆着茶点的桌子一边。你一边递给她一杯茶，一边在她耳边悄悄说了句什么，于是你们两个便一起放声大笑起来。我回头去找邓肯。他正站在窗边，和汤姆说着话。我心里想着什么时候可以体面地离开。

你向我走了过来。你找到一把空椅子，在我身边坐了下来，因为舞蹈的成功，双目依然闪闪发光。留声机播出了一支新曲子。

---

① 薇塔·萨克维尔-韦斯特(1892—1962)，英国作家，出身贵族，一度成为弗吉尼亚·伍尔夫的密友和同性恋人，为伍尔夫长篇传奇小说《奥兰多》中奥兰多的原型。——译注

莉迪娅①拉着一脸勉强的梅纳德跳了起来。

"嘿,"你开口说,"你觉得她怎么样?"

我瞪着薇塔。她正在吸烟,一边深深吸了一口,一边扫视着聚集的人群。我觉得她正在看我。

"我觉得,她看我的样子活像一匹阿拉伯马看一只长耳朵驴。"

你笑了起来,对我机敏的回答很是开心。

"她显然出身名门。我有没有告诉过你,她的祖先参加过诺曼征服②?"

我什么也没有说。一个年轻人走到薇塔身边,我看到他们攀谈了起来。

"我正在考虑学她的样,把我的头发也剪短。"

我惊跳了起来。你对我眨眨眼。

"为什么不呢?该是我们随时而进的时候了。此外,想想看不要再用发夹了呢!"

我把一缕头发理好,盯住你看。你黑色的缎子长裙和花边引起了我的注意。

"你穿上母亲的裙子也是为了这个吗?"

你没有理会我的讽刺,向我这边靠拢过来。

"说实话:难道你不觉得她异常出众吗?"

"因为你不管做什么,都是为了引起我的嫉妒,因此我拒绝

---

① 指莉迪娅·洛波可娃(Lydia Lopokova),曾作为俄罗斯著名的加吉列夫芭蕾舞团首席舞蹈家来伦敦演出。后成为梅纳德·凯恩斯的妻子。——译注
② 指诺曼底公爵威廉于1066年对英格兰的军事征服。——译注

回答。”

　　“我可从来不做这样的事！”你的声音高了起来。“我们已经请求她为出版社写一本书。”我看见你的眼里闪出了一丝顽皮。“这本书应该相当棒！她非常想当我们的作者。如果说她会得奖，我也丝毫不会奇怪。”

　　我在椅子里不安地动来动去。我希望邓肯能来找我。

　　“事实上，我也在考虑写一本关于她的书。毕竟，只要我写到你，你总是要抱怨。”你狡黠地看着我。“我想，或许我可以尝试一下不同的风格。某种玩笑和轻快的东西。比如，一部骗人的历史剧。我们可以采用新的形式来处理所有那些古老的感情，你觉得呢？假如把薇塔想成伊丽莎白时代的一位廷臣怎么样？我看见她留着两撇小胡子，像男人一样——当然啦，在那儿她还会邂逅一位有着浓郁的异域情调的外国公主。”

　　有一幅画应该是我愿意画的。有时，当我夜间辗转反侧，难以入眠，或者清晨阳光已经洒满房间，而整栋屋子还悄然无声时，我会透过心灵之眼看见它的存在。有时，当我凝视着炉火，它会反过来盯着我瞧；我在花园中穿行时，它也会在林间忽隐忽现。画面当中，我们俩面对面地坐在桌子的两边。我的身边有一个坐在高脚椅上的孩子——或许，就是托比。你身边也坐着一个人，我总认为那一定是父亲。母亲在照顾大家用餐。尽管她背对着我们，她的轮廓还是清晰可辨。我一直没有把这幅画画出来的原因，是它总是在变化着。当然，构成画面的基本元素是不会变的——你，我，坐在高脚椅上的孩子，还有两个大人——但他们却老是在动来动去的。有时，变化会大到其中某个人完全不见了。这一变化在母亲身上表现得最为明显，或者原因就在于她在画面上占有举足轻重的地位。一旦她不见了，我就取代了她的位置。这就好像有一股神秘的力量在推动似的，只要代表母亲的形象不见了，我的形象就会过来并填满她所处的空间。我没有办法阻止这一过程。我心中隐隐约约地知道，一旦我试图阻止，母亲所处的空间就会吞噬整幅画面。我意识到，我在这幅画中的作用就是防止这一情况的发生。我既在这幅画面当中，是画布上的一块，又身处画幅之外，是艺术家。你则有时是画面上一个亲近的人，有时是一个需要保护的孩子，有时却又构成了一种威胁。一旦你的对抗变得过于强大，我别无选择，只得动用身边所有的武器来迫使你退却。然而，我又不敢冒完全失去你的风险。当画面上其他的部分来来去去却并无危害时，对于画面的平衡来说，你则无可或缺。

对于这个不断浮现的梦魇，我谁也没有告诉。我尽可能地保守这个秘密。我在这幅画的周围添上了人物，花朵，风景，还有抽象图案。偶然，当我凝视画面时，我会怀疑，或许那一空间并非真的那么吓人，于是我便更加仔细地加以察看。然而，某种东西又在提醒着我。我担心之前的印象只是一种幻觉，一种臆想出来的鬼怪，有意骗我把一切忘掉，这可是我无论付出什么样的代价都要竭力避免的。

有一次，只有一次，我尝试画出母亲的正面形象。我把身边所有的母亲照片都取了出来，把它们排成一列。其中我最喜欢的，是母亲戴着饰有花边的帽子的那张。照片上的她显得还很年轻,尽管她眼中流露出一种痛苦的表情,显示出所经历过的事。我凝视着照片,想起来拍这张照片的时候,她已经失去了第一个丈夫,一个她深爱的男人。所以这就是为什么你能在她的脸上看出一种内在的失落感。她的五官精致,近乎完美。我研究着她颧骨优雅的弧度、她纤美的鼻梁。她的皮肤光洁,滑腻得仿佛雪花石膏一般。在她的上方有一圈毛呢制作的树叶环绕,使她看上去仿佛是从树林中走出来似的。她很像是神话中的某个人物。我的画在召唤着我。母亲看着我的时候,我没有办法画下去。于是,我把她的照片又都收了起来。

我画画,停停,然后又把已经完成的部分擦掉。我构思出一个绿荫葱葱的背景,那里有花园小径和凉亭,还有一张桌子,上面有一瓶花。粉红色的牡丹、淡紫色的毛地黄和猩红色的罂粟花交相辉映。画面中心的空间也渐渐地呈现了出来。每当我想描画母亲的面容或者她坐在椅子里休息的身体轮廓时,画出来的形象总是走样,结构也不成比例。好像我根本不敢修改图案。而你能。就在我失败的地方,你取得了成功。你不像我这样,总是因情感的介入而纠缠不清。你在小说中描画的母亲的肖像十分可信,我在读着小说的时候,好像真的听见了她的声音、看见了她挺直的脊梁。① 我凝视着自己的画。空缺依然在那里。我随意画了一个人物去填满这个空间,匆匆地,然后就把画布取了下来。直到好几年

---

① 指弗吉尼亚·伍尔夫于 1927 年出版的长篇小说《到灯塔去》。——译注

之后,再次看这幅画的时候,我才意识到画面上的人物是我的女儿。

　　一年一度,这个时节的树活像撕破了的扇子,光秃秃的树枝朝着各个方向伸展着。我们坐在卡西斯①的露台上,我在那里一直留着租用的别墅,供度夏之用。尽管已到隆冬,天气还很暖和。你在读书,手里拿着一支钢笔。你不时停下来,在笔记本上写上一点心得。你看上去沉浸在书本里,仿佛以平等的身份和作家——我想,是普鲁斯特——交流。我打开报纸,一页页翻过去,在有图片的地方稍作停留。和你相比,在知识领域我实在没有那么持之以恒。

　　"你觉得阿德里安的这个工作怎么样?"我最后问道。

　　你抬起头来。

　　"你指的是什么?"

　　"他开始从事的心理学研究。"

　　你把书摊开放到膝盖上。

　　"很荒唐!这和阿德里安做的任何其他事情都一样!你最近见到他了吗?他养成了这种让人恼火的习惯,不管你说什么,他都没什么不知道似的频频点头——好像他看出了背后隐藏的意思似的。我觉得这真让人恼火。"

　　"你觉得从事这一行对他有益吗?"

----

　　① 法国地名。——译注

你轻蔑地哼了一声。

"他这么做只不过找到了可以责备别人的机会！你真的会觉得都是我们的错！我们还是孩子的时候就忽略了他，结果他的感情受到了压抑。"

"这才荒唐呢！"我想起了阿德里安小时候的样子，叹了一口气。"我觉得我们可能为他做得太多了。"

你投过来让我很是难受的一瞥。

"你可别吃惊啊。我从利顿那儿，已经听过太多关于受到挫折的欲望之类的话了。为什么人人突然间谈论起弗洛伊德来了？就他的理论怎么运用到阿德里安身上这一点而言，我甚至连想都不愿想一下。"

我笑出了声。

"或许原因就在于你曾经把早餐鸡蛋扔到过他的身上。"

"正是如此！那些黏答答的蛋黄和脏兮兮的蛋白！他的精神分析学家一定可以大显身手了！"

我们都放声大笑。你对阿德里安又说了几句刻薄的话，然后继续看书。我在露台上找到一支铅笔，描画起一盆迟开花的天竺葵来。这幅素描不够成功。我对角度判断失误，没有能抓住光线的变化。让我欣慰的是，爱丽丝把信拿来了。我在信堆里翻检，挑出一封上面盖着剑桥邮戳的信来。

"这是朱利安的来信，"我大声说道，很是得意，一边把信封撕开。我贪婪地浏览着朱利安告诉我的种种新闻，他参加的一次晚宴啦，一位新导师啦，一次在康河上的划船远行啦。他的来信让我振奋起来。你阅读的普鲁斯特，你所有的那些作品，都离我远去了。

"他在那儿很好。他的导师对他的论文说了不少鼓励的话。他预料可以得第一哪。"

我一口气说着。你看着摊在我膝盖上的来信。

"让我看看。"

我把信递给你的时候，心里已经意识到这是个错误。我对这封信没有足够地小心，一时大意了。你一直对朱利安很是嫉妒。我看着你读信，一颗心在往下沉。

"他提到了我寄给他的《奥兰多》呢。"你的声音是自然的，轻快的。"我希望他会说说是不是喜欢它。我有没有告诉你，伦纳德估计这本书我们卖了大约有 2000 英镑呢。"

你伤人的话正中要害。我觉得它仿佛把我撕扯得皮开肉绽。你明明知道我从画画中几乎一无所得，我也几乎付不起请模特儿的费用。你读完了朱利安的来信，还给了我。我把它藏到了自己的衣袋里。

第九章

在地中海强烈的阳光下,窗框仿佛一幅蔚蓝色的画。我被各种色彩,如花盆中的木槿似瀑布般喷涌而出的鲜红色,还有墙上闪闪发亮的灰泥深深地吸引住了,一时感到目眩神迷。好像各种色彩先是独自,然后集体合奏出各种音响,在我的内心深处唤起了美妙的共鸣。我身不由己地要把它们画下来。我有责任传达出红色对蓝色的影响,以及白色对红色的冲击。或许这种由于内心冲动的驱迫而作画的状态并不好。可是当我作画的时候,我心中唯一的念头就是画出面前的事物来。

一页一页地翻过。我费力地回望记忆的万花筒,看见了各种图案的不断变化,先是出现了星星的形状,然后由于内部的扩散与连接而又幻化成了椭圆形的东西。事实是有许多面的,拥有多种不断变化的形状与形式。和你的成就相比,我的绘画渐渐显得越来越边缘化了。我一方面为此烦恼不已,另一方面却又因自己的寂寂无名而心满意足。

你抚平放在桌上的纸，从烟盒里取出一点烟草。你把烟丝搓成细细的长条，然后把纸卷成刚好可以放入烟丝的形状。你用舌头舔了舔纸卷的边缘，把它粘紧，然后又把它压压严实。最后，你用蜡烛点着了烟卷，把它放到了嘴边。你往后一仰，深深地吸了一口。

昆汀之前一直在和你争论有关总罢工的事，这时重重地哼了一声。

"这么说，你就是这么个态度啦？躲在离矿井一千英里之外的露台上逍遥自得？"他举起了装红葡萄酒的壶。他用的是打趣和嘲弄的口吻。你把空玻璃杯推到他面前，也笑了。

"我们当然都会等着看它将如何结束。英国工会联盟低估了煤矿工人，然后就等着自己完蛋好了。"

伦纳德痛苦地哼了一声。

"这可是司空见惯的事。拥有最多正义的一方成为其他所有各方的偏见与欲望的政治资本——并在此过程中被制服。"

伦纳德一本正经的议论跟周围的气氛显得格格不入，使得大家都安静了下来。这本来是个难得的轻松愉快的夜晚。你低低地笑了起来。

"你们还记得鲍德温①吗？他的广播讲话是多么可笑啊。他吼得声嘶力竭，就像他演讲的时候是站在角落里似的。当时我抱

---

① 斯坦利·鲍德温(1867－1947)，英国保守党政治家，1923－1937年间三次任首相，压制1926年英国工人大罢工，纵容法西斯侵略政策。——译注

着品克坐在膝盖上，忍不住地想到，这个人听上去是多么的骄傲自大啊。我不断提醒自己说，这可是我们的首相啊，你为什么不能多点儿敬意呢?"

伦纳德现在笑了起来，去握你的手。你亲吻了他。

"我们当时为此有多少争论啊！你已经不再抱什么幻想，而是积极行动，可我……"

"却把一切都储存了起来，用到某个滑稽剧里了啦!"

"悲观主义的好处是什么呢?"你对昆汀眨了眨眼。"特别是在像这样一个地方。"

你朝海湾的方向扭过身去，手中的烟卷在黑暗中闪出微微的红光。我也凝视着外面的景色。山全都罩在黑暗之中，天空中星星在闪烁。远处，是沉吟的大海，能听见它低低的微语。这个时节，天气算是温暖的了，百里香的气息无处不在。我回头看着我们这一群人。我们都吃过晚饭，欢笑着，随心所欲地讲着故事。明天我会继续作画，安吉莉卡会上法语课，随后，邓肯会开车带我们到海边。我感觉心满意足，被生活中那么多美好的事物包围着。你注意到了我的好心情。

"这可真是妙不可言啊，是不是? 假如我们现在还在英国，就不得不待在各自的家里，孤零零地蜷缩在炉火边。没什么比得上现在这种日子的了，大家一起围坐在梦中才能见到的美妙夜空之下。"你看看伦纳德。"我们是不是该坦白一下自己的罪过?"

你环顾了一圈，确信每个人都盯住了你。

"今天，"你郑重其事地开口说，"伦纳德和我去看了看别墅。"

我吃了一惊。我可没指望你说这个。

"不过我觉得太贵了。"

你抬起了眼睛。

"啊,不过呢,如果你精于讨价还价的话,那倒也不算很贵呀。"

我现在紧紧地盯着你,心里嘀咕你究竟是什么意思。

"我简单地对那个人,而没有对伦纳德说,别墅太贵啦,不过我们还是会考虑把它租下来的。"

"他同意了吗?"我迅速问道。

"当然啦。我们得换上新窗户,还要带来自己的家具——只要我们愿意每个月付300法郎的话,别墅就是我们的了。"

"可300法郎根本算不了什么!"

你微笑着看我。

"是吧!我并没有夸张。"

"这是不是就意味着,别墅不会再对外出售啦?"这是邓肯提出的问题,我靠过来听你怎么回答。你又吸了一口烟。

"我们还没有达成最后的一致呢,"你让步说。

"哦,是这样。"我现在觉得松了一口气。"假如你掏钱买新窗子,而别墅又立马被卖给了别人,这可算不上什么划算的交易!"

你不肯就这么败下阵来,而是举起了手中的杯子。

"但它不会被卖掉的!因此,我得为我们在卡西斯的新生活干上一杯。"

你给了我一个最最迷人的微笑。

后来，当我打算回卧室的时候，你拦住了我。你拉我来到客厅，在沙发上坐下。

"我得和你谈谈。我不理解你对我要租别墅的反应。毕竟，去年夏天，是你花了那么多时间想说服我搬到这儿来的！"

我在你身边坐着，竭力让自己纷乱的思绪平静下来。你说得没错。我想过，假如能说服你在这儿租下一栋房子的话，我就不用回到英国过冬了。然而，想到你有可能就住在我对面，我突然间感觉惊慌起来。

"我担心的是你在这儿不会快活，不过就这么回事。"我结结巴巴地说道。"我们在这儿的生活是完全不一样的——我们过得非常简单。"

"的的确确！"你的双眼现在闪闪放光。

我强使自己继续说下去。

"但我不能保证这种生活就适合你。"

"胡说八道。"你挥挥胳膊，好像要赶掉一只不受欢迎的苍蝇。"伦纳德和我已经觉得在伦敦麻烦太多了。能够摆脱那些才叫好呢。"

"这里只不过……有那些对我来说有意义的东西——可以画画，还有孩子们——对他们来说，这是个理想的地方。"

晚餐时我喝的葡萄酒这时在我的血管里奔流，使得我说出我知道以后会后悔的话来。我已经不管不顾了。

"我的意思是说……你的生活是完全不同的。你需要图书馆，还有别人——至于我住在哪儿是无关紧要的，只要……"

"只要我和你靠得很近。"你声音中流露出来的恳求让我很难再回绝你的好意。你靠得更近了。

"尼莎……坦白地说吧，假如你打算永远住在这儿，我想我是受不了的。你走了之后，我感觉在英国的生活沉闷乏味——了无生趣。只有你才能让这个世界跳起舞来。"

我把头靠到你胸口，免得自己感到头晕。

"别傻了，"我开口说道，声音一半被你的衣服堵住了，"没有我，你也会把一切都安排得非常好的！毕竟，"我又补充了一句，抬起头来，"我走了之后，你可以做自己最喜欢的事啊。"我在你的面颊上亲了一下。

"那会是怎样的事呢?"你问道。

"嗯——你可以随便怎么想我，只要你自己高兴就行。"

是安吉莉卡先看到它的，它从敞开的窗户飞进来时，她兴奋地指给我们看。我们都不敢吭声，看着它在房间里盘旋，然后终于在桌子中央的一盏台灯上停了下来。我还从来没见过这么大个的家伙。

"是蝙蝠吗?"安吉莉卡用一种敬畏的口气，悄悄问道。

邓肯摇了摇头。

"是一只飞蛾，"他告诉她说，"从它的个头来说，我猜它应当是只帝蛾。"

"它为什么一直绕着台灯转啊转的?"安吉莉卡的声音现在大一些了。

"它被灯光所吸引，"你告诉她说。"它想或许可以进去的。"

我盯着飞蛾看了一会儿，然后站起身来关上了窗户。安吉莉卡"嘘"了一声表示不满。

"别关窗啊。它会出不去的。"

她皱着眉，满脸的不高兴。我可不理她。

"你能从门厅里把你的捕蝶网取来吗？我们来试试，看能不能抓住它，朱利安不是在收集这些玩意儿吗。"

安吉莉卡听话地奔到门厅里，取来了她的捕蝶网。我从她手里接了过来。飞蛾依然绕着台灯一圈一圈地慢慢在飞。我用网兜罩住了它。飞蛾拼命挣扎，它的顽强让我很是惊异。我让网兜一直压在玻璃上，过了好一会儿，飞蛾才渐渐停止了抵抗。安吉莉卡的脸变得苍白了。

"喔，妈妈，让它飞走吧。它太大了。别杀死它。"

我拿起一本杂志，将它从网兜敞开的后部塞了进去。我把网兜放到桌上，用一本书压住它的手柄。然后，我走进厨房，取来一壶氯仿和一块抹布。安吉莉卡现在哭起来了，看到我取下壶盖，倒了一些氯仿在抹布上，她直扯我的袖子。我看着被罩在网兜里的飞蛾。它的翅膀上有一层灰色，还有淡淡的茶色和褐色。我想象着手突然一松的样子，犹豫着是不是该掀开网罩，把这家伙放走。

"不管怎么说，它很快就会死的。"伦纳德的话听上去那么有把握。安吉莉卡先是盯着他看，然后又盯住我。你点点头。我把捕蝶网抬起一英寸高，把那块浸透了氯仿的抹布放了进去。有好一会儿工夫，谁也没有说话。

"来吧，"最后，我伸出手来，对安吉莉卡说，"该睡觉啦。"

那天晚上，我躺在床上睡不着，似乎听到头顶的天花板上有轻微的振翅盘旋的声音。我反复地想着安吉莉卡恳求我放过这只飞蛾的神情，伦纳德基于日常经验和常识而做出的判断，还有自己一心捕来飞蛾给朱利安的急切。我想起了斯蒂拉、托比和母亲。他们临终时的样子看上去是多么的反常啊。

我从床上爬了起来，在双肩裹上一条披肩。客厅里很黑，只有一线月光从未拉窗帘的窗户外透了进来。捕蝶网依然还在桌上，被那本书压着。我走过去仔细地往里面看。月光下，我能清晰地看到那只飞蛾。现在，它看上去小了一些。我打开窗子，感到外面的凉气一下子涌了进来。我拿起那只里面还装着杂志的网兜，走到窗户边。然后，我把杂志拿开，轻轻地摇晃着，想把飞蛾放走。我等了好一会儿，可是白费工夫，飞蛾已经飞不起来了。最后，我把窗户关上。

我转身准备回去，这时看到了你站在门口的身影。

"我想我听见你到这儿来了。它死了吗？"

"我想是的。我原想把它放了的，可是没见它飞走。"

"你这傻瓜。这么说来，现在你谁都得罪啦。你没法儿告诉安吉莉卡飞蛾还活着，也没法儿把这个奖品给朱利安。"

"朱利安肯定是会喜欢它的。"

你来到窗户边。

"为了你这些臭小子，你什么事不会做！我有时想，如果为了让他们开心，你甚至不惜把我也放到油里去煮的。"

我忍不住地笑了起来。

"你想喝点儿可可吗?"

我们一起走进厨房,我开了灯。你坐到桌边,我则把一盘牛奶放到炉子上去加热。

"你还记得那棵蛾子树吗?"你突然间问道。

我用勺子把可可粉加入两只杯子,抬起头来。

"你知道的——就是父亲在圣艾维斯抹上糖浆、让我们好黏住飞蛾的那棵树。我对这棵树总有十分复杂的感情。"

"我记得的是父亲的藏品。所有的东西都严格地按照字母顺序排列,下面写上这些东西的名称。"

我把牛奶倒进两只杯子,然后坐到桌边你的对面。

"我过去总在想,成年人的生活就是那个样子的。一切都井井有条、各在其位。"我环顾了一下厨房。水池里是一堆脏碟子,洗衣盆里还有一大堆脏衣服等着去洗。我叹了一口气。

"可我的成年生活却恰恰相反。"我收拾起桌上一些未及完成的素描,把它们放到一边。"乱七八糟的一堆,就像母亲缝纫篮底层的那些碎布。没什么是做完了的,也没什么好东西。"

你盯着我看。

"至少你拥有所有的线哪。它们可都在你的手里!"

"如果这么说的话,随便哪个成年人的生活都可以算是成功的!"

你耸了耸肩。

"不,尼莎。你拥有光明。然后就会有像我这样的孤独的飞蛾绕着台灯打转转，渴望着可以投身光明。"

"我知道那飞蛾已经给你留下了印象！那么，今天晚上坐在桌边的其他人会怎样呢？你打算如何描画他们的形象呢？"

你向后一仰，定定地注视着我。

"他们会代表不同的声音——当然是用飞蛾来作象征。"

"听上去像是你某部小说的开头啊。"①

我读着客人名单，心里嘀咕着请来这么多人是否明智，当然为时已晚。为了缓解自己的恐惧心理，我来来回回地踱着步，仔细端详邓肯和我在家具上画的画。几乎没有哪样东西被漏掉了没画：墙上有壁画，甚至摆在屋子中央的钢琴也被精心地装饰过了。在屋子的一边，陈列着一溜我们的作品，那是我们希望能卖掉的。

罗杰是第一位到的客人。

"大获全胜！你会在全伦敦都受到赞美与崇拜的！"

对他的恭维，我报以微笑。他连我们的作品甚至几乎还没有看过一眼呢。我还没有来得及嘲笑他，其他客人就陆陆续续地到了。我站在摆放饮料的桌子后面，给客人们一杯杯递上潘趣酒。我竭力不去听大家对我们的作品所作的评论。

我从眼角看到利顿站在屋子的一角，向他挥了挥手。他马上走了过来。

---

① 弗吉尼亚·伍尔夫写过散文《飞蛾之死》。长篇小说《海浪》亦曾以"飞蛾"为题。——译注

"我亲爱的，我压根儿没想到你吸引了那么多报界的先生们！我不得不向他们一个个解释普罗旺斯风格和意大利风格间的差异，搞得我真是精疲力竭了。一想到他们会搅得一团糟，我心里就很不舒服！"

我们注意到门口起了一阵骚动。我看见你走了进来，后面还跟着一个灰色头发、头戴三脚帽，衣着很不体面的肥胖女人。你来了的新闻迅速传遍了整间屋子，仿佛电火花在空中闪烁。利顿也提了提他的单片眼镜，以便可以看得更清楚。

"啊，神圣的弗吉尼亚，和往常一样引起了轰动！她在这儿应该很开心吧。我们这些日子几乎没见面啦！"

"她是这次展览的赞助人之一。她答应至少出 100 镑——而且说不管最后结果怎样，她都不会太在意。"

利顿笑了。

"我们的新闻界朋友团团地围住了她，就像秃鹫似的。毫无疑问，他们急于挖掘到一点有关她的新书的新闻。不过，有了你做我的后盾，我们应该可以帮她突出重围。"

利顿开始勇敢地向你那边走去。我勉强地尾随着他。我本来是想问问他卡琳顿怎么样的。聚集在你身边的人更多了。我本来应该想到，即便是在我的作品展览会上，更出风头的还是你。这时，一个很响的、吵吵嚷嚷的声音盖过了周围的喧嚣。

"我亲爱的先生们，打什么时候开始，新闻界变得刨根问底的啦？"

我使劲儿想看清楚到底发生了什么事。那个声音继续说了下去。

"我已经告诉过你们啦,伍尔夫夫人累了,今晚不会再回答任何问题了。现在,请行行好,让我们过去吧。"

你的同伴用双肘在人群中开出一条通道,帮你找到一个位置,坐了下来。只要有人想靠近你,她马上站起来,用手中的阳伞把他们驱散。这可真是滑稽的景象。

弹奏竖琴的人到了。我忙着安排座位。直到她开始弹奏曲子,我才注意到伦纳德出现在了门口。他先是环顾了一圈找你,发现你身边已经有了同伴后,就径直来到我身边找了个空位置坐下。乐曲暂停的时候,我趁机向他俯过身去。

"和弗吉尼亚在一起的那个女人是谁?"

他转过头来看我,脸上浮现出一种痛苦的表情。

"是埃塞尔·史密斯。"

我悄悄地说。

"那个主张妇女选举权的女人? 就是那个和埃莫琳·潘克赫斯特①一起蹲过监狱的?"

伦纳德点了点头。

"现在,她还是个好斗的作曲家。"

有胳膊伸过来碰碰我。我突然抬起头来。你正站在我面前

---

① 埃莫琳·潘克赫斯特(1858—1928),英国女权运动领袖,创立妇女社会和政治联盟(1903),使英国妇女获得平等选举权。——译注

微笑。

"尼莎！你回到英国可真好！现在我们居然在街上不期而遇了。你来了伦敦，我都不知道。"

我的手指触摸着衣袋里邓肯的来信。信纸像剃刀似的锋利，割痛了我的皮肤。我的思绪纷乱，几乎不敢相信自己能说出什么话来。你挽起了我的胳膊。

"我们去喝点茶吧。"

邓肯的话在我心头翻滚。我需要找个清静的地方让自己镇定下来。我摇了摇头。

"我很抱歉，"我的话脱口而出，"我得去……美术馆。"

你盯着我看。我看出你并没有被我骗过。

"好吧，那么我们明天一起吃午饭。我一点钟等你。"

我定定地站在人行道上。一点钟正是邓肯建议我见见彼得的时间。我想回忆他形容彼得的眼睛时所用的词藻。冰消雪融时关于草地的什么话。我想象着白雪消融时分的绿色，那种草叶由于缺乏阳光照耀而萎黄的模样。

"我不能来，我得……我的意思是说，我要和邓肯一起吃午饭。"我已经忍不住要哭了。你伸出胳膊搂住了我的腰。

"亲爱的，怎么回事？有什么事不对头。别瞒着我。"

我由着你把我带到广场中央一条安静的长凳那里。

"我要和邓肯一道吃午饭。他要我见见……彼得。"

你的眼中闪出理解的光芒。

"他没这个权利！"

"他是没有。是我向他要求的。他这么做是为了我。"

"可为什么呢?"

我抬头看着那些树,云朵在空中掠过。我所有的寄托似乎都已土崩瓦解。

"因为……是我无法忍受再也见不到他。"

有好一会儿,我们谁都没有说话。后来,你握住了我的手。

"至少让我和你一起去吧。这样的话,我们就有四个人了。我可以……和这个人……周旋,你和邓肯说话。"

我紧握了一下你的手。

"不必了。谢谢你。你能这么想真好——但是,我得独自面对啊。"

我强使自己站了起来。我走开的时候,听到你在后面叫我。

"这个周末我会来罗德美尔。我会来看你。星期天。"

我没办法不在眼前想象这些图景。我把手杖扔进河里,看着河水快速地绕着它打旋。只要我一闭上眼睛,眼前全是邓肯的面容。他向彼得贴过去,微笑着。我走进水里,感觉到冰凉的河水灌进了我的鞋子。河岸附近的水很浅,因泛着泥浆而呈现出褐色。我继续向前走,注意到河水越来越深。我和桥靠得很近,因为有它挡着,别人就不会看见我。假如被别人发觉我的意图,那就很糟糕了。我走到水里之后反而变得镇静一些了,仿佛寒冷正在慢慢地麻痹我的痛苦。这正是我所希望的。什么也不再去想。不再渴望我得不到的东西。我不断向前走去,一直走到河的中心。河水在这里已经很深了，我任由急流把我裹挟而去。水流已经把我冲得站不住了，我心甘情愿地缴械投降。

门铃响个不停，使我恢复了意识。我用双手捂住耳朵，不想听见那声音。我瞪着鞋子在地板上留下的一道泥泞的脚印，等着不速之客自己离开。我的衣服都被撕破了，胳膊和大腿上满是伤痕。我抬起手抹了抹额头，等我把手拿开时，手指上全是血迹，粘糊糊的。渐渐地，我想起了河水那使人麻痹的彻骨寒冷。我记得水流把我裹挟到桥那里，桥腹巨大的圆拱就在我的前面，水流把我抛到了桥墩上。我已经记不得我在那儿待了多久，一心还在想着沉入水中。我能记起的只有在和彼得共进午餐时，邓肯宣布的以后决不会再和我做爱的决定。我凝视着湍急的河水，渴望着在它的拥抱中获得解脱。可是有什么东西——是不是恐惧？——又把我拽了回来。我一定是什么时候用力爬着，气喘吁吁，竭尽全力，沿着一根宽宽的横梁，终于把自己又拖回到了河岸上。

门铃声停住了。有一会儿工夫一点声音也没有，然后，我便看见你的脸映在了窗户上。我突然想了起来。这会儿正是星期天上午，你说过这一天会来的。你眯起眼睛向屋子里看。最后，你看见了我，向我挥手。我缩到阴暗的角落里去，可是一点用也没有。你绕到法式落地窗那里，自己进来了。你一看到我的样子，便急急忙忙奔到我的身边。

"尼莎，亲爱的。发生了什么事？你全身都湿透啦。而且还全是血。你出了什么意外了吗？"

我没有回答。

"你掉进河里去了吗?"

我依然没有开口。你渐渐地明白了究竟是怎么回事。

"噢,我的上帝!瞧你做了什么啊?"

你帮我脱下衣服,用一块暖和的毛毯把我裹了起来。你把炉火拨旺。然后,你从厨房里取来水和一块布,开始清洗我头上的伤口。你一边忙着一边说。

"你为什么不来找我?我想都不敢想,可能会发生什么事。"

你手里有事在忙着,所以似乎并不介意我的一声不吭。当终于把我所有的伤口都处理完了之后,你从壁橱里取出一瓶白兰地,倒了一些在玻璃杯里。

"把这个喝下去。你会好点儿的。"

你把玻璃杯举到我的唇边。我喝了一小口。

"我从来没有想过你会——我原想只有我才是那个希望结束一切的人啊。"

你让我喘了一会儿气,又把玻璃杯送到我的嘴边。

"我总是觉得你很幸福——处在一切的中心位置。"

白兰地开始发挥效用。我想到了朱利安、昆汀和安吉莉卡。我想开口说话了。

"你能不能答应我……"

我的声音嘶哑。你弯下腰来,靠近我。

"最最亲爱的,什么我都答应。"

"不,这很重要。"

这可真是痛苦，可我还是继续说了下去。

"我要你答应我，你绝不会把这件事告诉任何人。我绝不愿意让孩子们知道。也不愿意让邓肯知道。"

我停顿了一下。

"答应我。你不会告诉任何人。甚至也不会告诉伦纳德。"

你拍了拍我的手。

"我答应你——如果你也答应我一件事的话。"

你的话让我放松了警惕。我看着你，你的眼里满是泪水。

"我要你发誓，不管发生了什么——不管生活有多么悲惨——你都绝不会再做今天这样的事。"

我点了点头。从你的语气中，我听出了我们之间的这个约定的无比重要性。

安吉莉卡跪在床上我的身边。她面前有一个盘子，里面装的都是她积攒起来的唇膏、蜡笔、粉盒和刷子之类的玩意儿。她开始把各种颜色往我脸上涂抹，手指在我脸上温柔地点来点去。她把一块块大红色、一道道粉红色和鲜蓝色涂到我脸上，咯咯儿笑了起来。她把我变成了一个全新的人儿。

屋子里灯光明亮。大多数客人都已经到了，和我们一样，他们也都精心地乔装打扮过，身着鲜亮的奇装异服。安吉莉卡因激动而颤抖着。她跳跳蹦蹦地，身上小仙女的薄纱裙子飘飘的，固定在背上的银色的双翼也不断颤动着，好像她随时都会飞起来似的。克莱夫陪着我们来到晚会现场后，马上就消失到人群当中了。我看着他就像孩子手中玩的陀螺一样，从一个圈子再转到另一个圈子。我带着安吉莉卡，向摆着茶点的桌子走去。一个身着马裤、一只眼睛上还罩着一个海盗用的眼罩的女人向我们挥手。我立刻改变路线。可是已经太迟了。这个女人赶紧向我们这里奔了过来。

"亲爱的！你们看上去真是新鲜可口哇！我可以把你们俩都给吃了！"莉迪娅先是用她的红唇在我的双颊上各亲了一口，然后转向安吉莉卡。

"多可爱的天使啊！"她用一只手抓住我们俩的胳膊。她肩膀上那只肚子里塞了东西的鹦鹉歪斜了过来。

"现在，我需要全部的新闻！你和邓肯被授权装饰皇家游艇，这是真的吗？"

我还没有来得及否认，莉迪娅已经又看见了屋子那头的另外什么人，最后劝了一遍让我们自己吃冰糕，然后匆匆回到人堆里去了。

让我欣慰的是，我看见你和伦纳德正站在窗口。我们向你们那里走去。你先是夸奖了安吉莉卡的着装，然后回身对我说话。

"看样子你好像已经和莉迪娅照过面啦。"

"梅纳德怎么会想到娶这么个尤物的，我真是想不通啊！"

我们两个都笑了。你挽住我的胳膊。

"过来，让伦纳德和安吉莉卡两个好好吃他们的冰糕，我们找个地方坐坐。"

我们朝一个安静的角落走去，坐到两张空椅子上。你朝我这边靠了过来。

"你觉得怎么样?"

我点了点头。

"好些了。无论如何,我还有安吉莉卡。山羊……"

你不让我继续说下去,好像你完全知道我努力要说些什么。

"最亲爱的,别说了。"

我还没有来得及表示异议,伦纳德就匆匆向我们奔来了,面色苍白。

"我把安吉莉卡交给邓肯了,"他带着解释的口吻说道。"我刚才在和玛丽说话。利顿今天早晨去世了。"

你本能地来抓我的手。这个消息是我们全都一直在担心的。

"卡琳顿怎么样了?"

"拉尔夫在陪着她。显而易见,她的状态非常糟糕。"

有好一会儿工夫,大家都不说话。这个消息太突然、太残酷了。我们都还记得当利顿病得很重的消息第一次得到确认时,卡琳顿试图自杀过。你瞪着地板。

"我要给她写信。请她来和我们待一段时间。"

伦纳德坐到你身边,用胳膊搂住了你。

"拉尔夫很害怕让她一个人待着。"

突然间,你脱口而出。

"我们是不会允许她结束自己的生命的!利顿爱她。只要她活着,他身上的某种东西——或许正是他身上最好的部分——就会延续下去。"

你像一片树叶那样地抖个不停。伦纳德看看我。

"我去叫辆出租车好吗?"

我点点头。继续待在这个晚会上,似乎已经没有了一点意义。

木球滚过草地,恰巧滚到卵石那儿,不多不少。伦纳德以裁判员的权威身份测量了距离,然后宣布你获胜。你转向自己的对手,鞠了一躬。

"安吉莉卡,"我喊道,"你愿意帮我端茶出来吗?"

我看见你在安吉莉卡耳边悄悄地说了些什么。她点点头,然后跟在我身后跑了起来。我们一起进了厨房,我递给她一个托盘。

"你能帮我托着这些杯子和杯垫,把它们放到桌子上吗?"

安吉莉卡犹犹豫豫地走了过来。

"怎么啦?"我一边把开水灌进茶壶,一边问她。

"吉尼姨妈说,她会请求仙女们给我钱,让我好买衣服穿。"安吉莉卡开口说。

我灌满了茶壶,搅了一下茶叶。

"但是你已经有漂亮衣服了呀。"我竭力克制着自己,保持住声音的平静。

安吉莉卡用一只脚跳到另一只脚。

"她说,不管我想要什么,都可以用它买。我知道我们经常钱不够花——而吉尼姨妈非常有钱。"

我退缩了。

"我们会想想这件事的,"我一边说,一边把茶壶和一碟烤饼放到第二只托盘上。"现在,我们把这些拿到花园里去,不然它们就会冷掉的。"

在喝茶的时候，我一直感觉很不舒服。喝完茶之后，我让安吉莉卡和昆汀拖着伦纳德去散一会儿步。他们一从眼前消失，我马上抓住机会。

"安吉莉卡说你准备给她一笔钱。"

"是的。她喜欢漂亮的东西，我原想……"

"你还想你可以插手，想干吗就干吗呢！"

"你变得不讲道理了，尼莎。"

"是吗？如果你真是好意，那你该先和我商量才是。别以为我没看见你是怎么把她当工具使唤的。"

你本来正把脏盘子摞到一起，这时停下手来，抬头看我。

"我不知道你在说什么。"

"想想所有那些有关仙女的话对我来说是什么意思。你现在打算告诉我什么？我作为母亲有多么不够格是吗？"

你把头扭开了。我开始后悔自己的出言不逊。

"这会儿我们之间没法沟通。"

我咬住嘴唇，心里想着要不要继续说下去。你看出了我的犹豫。

"安吉莉卡崇拜你。你所有的孩子都崇拜你。"

我摇了摇头。

"不，我不是这个意思。安吉莉卡一直在问克莱夫的事。"

你把摞成一摞的茶具放进托盘。

"都是些什么样的问题呢？"

"哦,倒没有什么特别的。她想知道,为什么克莱夫总是待在伦敦。"我让自己忙着收拾碟子。

"她还不知道吗?"

我摇摇头。

"你难道不觉得该是告诉她真相的时候了吗?"

我瞪着你,吓坏了。

"我不可能告诉她!她还太小啦!还有,不管怎么说,想想克莱夫会多么难堪!她用的是他的姓啊。"

"她很快就会自己知道的。她甚至长得就像邓肯。"

"是的,不过她现在还不知道。"

"我可不明白,为什么对她来说越拖会越容易。"

我无助地看着你。突然间,我把真情和盘托出。

"我是害怕一旦邓肯觉得他有作为父亲的羁绊,就会彻底地不来了。"

我端起一只托盘,穿过花园。过了一会儿,你端着另一只托盘,也跟在我后面进了厨房。

我真是集多元角色于一身啊。不,我这句话显得用词不当——你总是笑我,说我连成语也记不清楚。可是,当我向安吉莉卡挥手告别时,这却是盘旋在我脑海中最重要的想法。我看着汽车一阵风似的驶出了车道,只来得及再让我看上一眼,就消失得无影无踪。我在门口又站了一会儿,然后看了一眼花园。池塘上方有一层雾气，光线泛出清晨特有的那种珍珠般的色泽。我回到了屋里。

现在安吉莉卡走了，我可以有整天的时间用来画画了。我向门厅走去，然后慢慢晃进客厅。我现在还不想去工作室。我在一张椅子上坐下，想起了生孩子之前曾有的对艺术的雄心。安吉莉卡现在去上学了，在她回来之前我会有那么多的时间。我以为自己可以品尝久违了的自由的欢欣，可是却失去了作画的欲望。报纸在桌上瞪着我看。我克制着诱惑，不去把它拿起来。我知道，它也会分散精力。我得好好地坐下来，虽然心里空落落的，把自己和从前那个年轻的女人连接起来。

我同时在创作两幅大型油画。其中一幅已经接近完工，另一幅则刚刚开始。我交替着画它们。每当我在第一幅画上碰到困难时，画第二幅画时遭遇的挑战就会很好地缓解前面的困难。在第一幅画里，一位衣着优雅的女人坐在炉火前的脚凳上。她正凝视着一个光着身子的小男孩——我们会猜想，那是她的儿子。她脸上有一种冷冷的表情，一种冷漠，好像她正在审视着什么东西。画面右边的沙发上坐着第二个女人，怀里抱着一个更小的孩子。和第一个女人相比，她的衣着显得平常许多。她磨破了的、看上去毫不起眼的鞋子和前面那个女人泛出光泽的皮鞋形成了鲜明的对比。但和第一个女人不同的是，她对怀里抱着的孩子满含慈爱。她用双臂搂住他，不想让他伸手去抓一个玩具。大一些的那个男孩盯着这个小孩子。他的姿势表明他的注意力是朝向母亲的，可他的头却是转向那个小孩子的。一些玩具——有马、书和一艘船——被用来填充人物之间的空隙，仿佛是为了消除他们之间的距离。坐在脚凳上的女人手里有一面镜子和一块手帕。我无法断定这些东西是打算给男孩用的呢，还是表明她已打算离开。她凝视着男孩子的某种方式告诉我们，她很快就会离开的。她的表情中既有漠然又有不舍。她在刻意地审视着那男孩，而不是把他搂入怀中。好像她心里明白，为了她可以离开，她必须克制自己对他的爱。

第二幅画里没有了孩子。我在这里把全部精力用在了两个女人身上。左边，一位裸女斜倚在一张沙发上休息，或许，她刚刚做过画家的模特儿。右边，一个穿戴整齐的女人正盯着面前桌上摆放的水果。她或许就是那个画家，尽管她手里没有拿着任何绘画工具，她的衣着对一位画家来说似乎也显得太复杂了。她显得对躺在沙发上的那个女人完全无动于衷。她的注意力完全被那个水果盘所吸引。

我无法画完这第二幅画。在它的中心似乎还有一些空洞的地方。我画了一只火炉、一只煤筐、一张矮矮的小桌子，还有一瓶花，可是空洞依然存在。我开始意识到，这两个女人无论谁都不是画面的中心：无论在创造什么样的艺术品，她们似乎对它都无法企及。躺在沙发上的那个女人把头倚在胳膊上。她看上去很疲倦，似乎已经不想再为画家当模特了，而只想休息。另一个女人则一直盯着那只水果盘，好像被它的秘密难住了。

或许，是她丈夫，或者儿子才是那个画家，而她只不过是个提供辅助作用的配角,负责为他的客人们端茶倒水罢了。她眼中的表情告诉我们,她对自己的身份颇为不满。她的痴迷和专注暗示给我们的信息是,她本来也是可以成为一名艺术家的,只要背景不同,只要位置颠倒一下即可。最后,我放弃了这幅画。我实在画不下去了。两个女人表情中都有某种东西在对我说,对她们的失败,我是负有责任的,改变她们的命运是我的任务。然而,我对究竟该怎么做却几乎一无所知。

屋子中央有一个壁炉,一侧有一扇窗户,角落里有一只炉子和一个脸盆架。我把包裹堆在门边,在室内走了一圈。室内几乎空无一物,这反而让我高兴。既然安吉莉卡已经离家上学,只剩下我一个人了,我于是决定一周关闭查尔斯顿一段时间,而在伦敦靠近邓肯的地方租一个工作室。我打开了第一个包裹。里面是邓肯装饰过的一个罐子,这是他从北非带回来的一件礼物,他在上面画了橙子和柠檬树枝的图案。我把这个罐子放在壁炉上方的架子上。整个房间的情调马上为之一变。我又在室内踱了一圈,盘算着。我要在这儿放一张床,白天可以当沙发用,然后在正对窗户的地方摆上我的画架。我还要买一个旧的屏风,在上面画上图案,以便遮挡炉子和脸盆架,并把它们和室内的其他空间分隔开来。我想象着暗红色的窗帘,上面有金色的树叶图案。至于墙面呢,我打算刷成奶油色。室内没有椅子,我于是坐到窗台上,取出了铅笔和素描簿。我刚一开始,铅笔就在纸面上飞快地画了起来,我不停地画着以便追赶与捕捉自己的思绪。我体会到一种久违了的沉醉。

一天早晨，一只猫通过敞开的窗户出现在我的工作室里。我给了它一碟牛奶，可它的眼中闪现出怀疑的神情。我觉得，最好还是不去管它，由它怎样好啦。于是我开始画画。只要我一抬头，总会感觉到猫的绿眼睛在打量我。过了一个小时左右，猫向窗户走去，跳上窗台，消失到屋顶上去了。它的扬长而去让我很是难受。当我把它没有动过的牛奶碟清洗干净的时候，我觉得自己输掉了一场考试。

第二天猫又回来了。这一次，它接受了那碟牛奶，贪婪地把它舔得干干净净。然后，它便躬着身子，看我作画。我给它起了个名字叫"马可·波罗"。

它每天有规律地来访。我发现自己每天上午都在等它来。我画画的时候，已经渐渐习惯了它尖锐的注视。我们成了某种意义上的朋友。我找来一只旧盒子和一块毯子，在炉子旁边给它腾出了一块地方。我一边作画一边对它说话，描述我的设计，或者告诉它自己在把设计付诸实践时碰到的麻烦。我有着一种最奇怪的感觉，就是这只猫能理解我在说什么。不久，它对我来说已经成为不可或缺的伙伴了。我发觉，如果没有它如珠宝一般闪着绿光的眼睛盯着我看的话，我居然画不出来了。我崇拜它的淡漠超然。它能选中我做朋友，使我产生了一种受宠若惊的感觉。最重要的是，它的凝视使我回到了那些久已逝去的日子，那时，我们在家中的暖房内一边肩并肩地工作，一边缅想自己的未来。

电话铃响的时候，我正在你家的门厅里找外衣。我拿起电话听筒，听着里面的声音在述说着跌倒、送医院和意外的心脏病。对方说完之后，我挂上听筒，瞪着印在拨号键盘上的一张卡片上的数字发呆。这串数字我几乎是熟悉的，我拼命在想这是谁的号码。后来，我终于想了起来，这是你的号码。罗杰去世了，你和伦纳德还在外面的露台上等着我，对此一无所知。

你立刻看出发生了什么事。你举起手来，好像是要挡风。当我把这个消息告诉你的时候，你顿时变了脸色。我们好久好久地坐在那里，一声不吭。后来，伦纳德站起身来，悄悄地走进了屋子。我转过身来看你。你双手抱在胸前，像个孩子似的在椅子里前前后后地摇晃着。不需要问，我就知道，和我一样，你正在想，死亡是多么的残酷啊。

罗杰的样子在我眼前跳着舞。我想起了他充沛的精力、他如音乐般动听的嗓音。我想着自己是如何伤害了他的感情，把他的友情看得理所当然。突然，我尖叫了起来。我闭上了眼睛，不敢睁开。我觉得只要我睁开眼睛，光线就会把我彻底摧毁。虽然我的眼睑和飞蛾的翅膀一样纤薄，这会儿却成为保护我不致毁灭的唯一一道屏障。我害怕只要眼睛一睁开，我就会因犯下的罪行而受到惩罚。

我意识到你在这里。你看出我已经醒了，马上来到我身边。

"最最亲爱的，你觉得怎么样？你想吃点儿什么吗？"

我摇了摇头。

"你把我们全都吓了一大跳。"

我想到邓肯和孩子们，竭力想说什么。你拍了拍我的手。

"嘘。现在还别忙着说话。你需要喝点什么。"

你从放在我床头的托盘中取来了一只玻璃杯，举到我的唇边。我心怀感激地大口大口喝着水。

"是吧。你会舒服点儿的。"

你把杯子放回原处，又坐到我的身边。

"我这样有多久啦?"我悄悄问道。

"两天了。你在露台上昏倒了，我们觉得最好还是把你留在这儿。"

我拍拍你的胳膊。

"一想到再也不能和他说话，我就受不了。"

"我知道。"

你从口袋里掏出了一封信。我认出那是罗杰的笔迹。

"我一直在看他的最后一封信。这是他和你在查尔斯顿共度之后写的。"你把信纸从信封内抽了出来。"他写到你……认为你在周围创造出了一种独一无二的氛围——他说，是存在于你生活方式中的美一直在支撑着他。"

我想要看看这封信，可是为时尚早。于是，我盯着摊开在你膝头的书说:

"给我读读这本书好吗?"

你读着珀尔塞福涅和冥王哈得斯的婚姻故事。我想象着得墨忒耳不顾一切地寻找女儿，向宙斯呼吁、恳求、施加压力的情景。

后来珀尔塞福涅终于从幽冥世界回到了人间，她的眼睛眨呀眨的，被强烈的光线刺得几乎睁不开。我的眼前出现了珀尔塞福涅手里拿着一颗石榴的样子，那是她在重获自由后从哈得斯的花园里摘下的。我心想，这是她对自己待在地下世界的纪念呢，还是防备得墨忒耳什么事情都自作主张呢？

我再也不能对自己的女儿撒谎了。正是这一想法使我花了整整一天时间来鼓足勇气。我在花园里踱着步，看一只孤独的黑鹂在草地上啄虫子吃。

我把安吉莉卡带到起居室里。在那儿告诉她似乎显得容易一些。我们一起欣赏了一会儿林地里新开的紫色的番红花。我说话的时候她一直没有吭声。表明她一直在听的唯一迹象，是她放在我胳膊上的手突然间攥得紧紧的。我希望她会表示不满，问我一连串问题，并责备我隐瞒真相。可她什么也没有做。我说完了之后，她松开了手，一个人走进了花园里。她穿过草地的时候，我又看见了那只黑鹂。它的嘴里正叼着一只蠕虫。那天晚上，我敲了安吉莉卡的房门。虽然我知道她在里面，可她就是没有动静。我坐在她房间门口，希望她能出来和我说说话。可是我的期待落了空。

世界转到了中国。偶尔，通过广播，我听到了一个来自汉口的节目，街道上熙熙攘攘的声音和卖东西的吆喝声径直钻进了我的

201

起居室。我去参观了皇家艺术学院的中国艺术展,带回了一堆图案艳丽的盘子和一把丝绸扇子。我买了一张中国地图,闲来无事的时候就研究它的地理分布。

当我还在卡西斯的时候,朱利安就来了一封信,宣布了自己到中国去教英文的打算。[①] 从他的口气里,我感觉出这是一个我无法改变的决定。我竭力想象朱利安有整整三年时间不在我身边的情景,心情难以平静。于是,我匆匆奔回英格兰,紧紧抓住我还能和他共度的时光。

我们并肩站在纽黑文的码头上,等着开船。我根本不敢松开朱利安的胳膊。我知道,一旦我松开了,到我下次能摸到他,还不知要等多久呢。我们两个像是古怪的一对。我能意识到周围人投来的目光。哨声响了,我紧紧搂住朱利安,最后一次拥抱他。他上船后向我挥挥手,随后就消失在人流之中。

我尽可能慢地开车回查尔斯顿。我害怕那空落落的房子。一走进屋子,我便本能地进了朱利安的房间。我坐到他的床上,看着他的书和文件,还有一件挂在墙上的外套。现在,等待他的,将是一种全新的风景了,而这种风景,是我无法想象的。我脱下鞋子躺到床上,同时伸手去够那件挂在钉子上的外套。粗糙的羊毛质地使我想起了母亲过去离开育儿室时裹在肩膀上的披肩。我还记得前门在她身后合上时的情景,以及我听到她的脚步一级级走下石

---

① 米利安·贝尔(1908-1937)于1935年被聘为武汉大学英语文学教授。1937年死于西班牙内战中。——译注

头台阶时心头空落落的滋味。我把外套穿到自己身上。我不知道将如何忍受这最新的一次离别。我听见父亲在叫母亲的声音:"朱莉亚! 朱莉亚!"我第一次感到回声就像是在喊"朱利安"似的,这让我吃惊不已。

信封上陌生的邮票,还有朱利安用他那流利的字体写下的我的名字和地址,都给我带来了眩晕般的惊喜。我从门垫上捡起信来,赶紧来到厨房里,薄薄的信封发出轻轻的声音。当我把信封撕开,发现里面的信纸有好几页时,真是心花怒放。我把信纸掏出来,一张张平放到桌上。我又想延长这喜悦的时光,又急切地渴望着一睹为快,心里真是痛苦啊。

此后,朱利安的来信便成为我每周生活中的高潮。我一遍一遍地读着它们,直到感觉自己不但好像开始了解了一个风物迥异的国家,而且还以一种新的方式了解了自己的儿子。仿佛是我们之间的距离,以及我们只能通过写信来交流这一事实,反而让我们能够更加真实地袒露自己,而以前我们是从不敢这样做的。我意识到朱利安把一切都告诉了我,毫无隐瞒。我陶醉于这种能够和他的心灵、他的大脑充分沟通的状态。我开始理解了他的感情,参与了他的想法。而这一过程是双向的。我发现自己在信中同样一股脑儿地把过去的种种伤痛都倾诉了出来,袒露了过去似乎从无可能亲口说出的种种隐情。好几个月过去了,我意识到我们之间的关系发生了变化。现在是朱利安在给我提出种种建议。是朱利安在表达爱和支持。通过我的儿子,生活在我面前展开。

家里没有足够的钱来支付超重的包裹。邮递员在门口耐心地等待着，手里抱着一个毫无疑问来自朱利安的包裹。我搜遍了钱包，数出所有的硬币。只有三先令和十一便士。我又奔向门厅，来到厨房里，取出格蕾丝买东西回来时专门存放零钱的罐子。那里也只有一个先令和六便士，还是不够付邮费的。我只好回到门口，把所有的钱都放到邮递员的手心里。他答应我下午再来一趟。我眼巴巴地看着他带着朱利安的包裹离开。

那天晚些时候，当门铃声再次响起时，我已经把钱准备好了。我谢了邮递员，把包裹抱进了自己的工作室。我小心翼翼地剪开了包扎的绳子和褐色的包装纸。当我看见里面是什么时，气都喘不过来了。绚烂夺目的中国丝绸整整齐齐地叠放着，一层又一层。我用手指去抚摩它们，感受着指尖惬意的平滑。红色、绿色、蓝色、黄色、橙色、粉红色和深紫色在纸包里闪闪发亮。我想象着朱利安选出这些颜色的丝绸，看着它们被从绸布卷里抽出，剪下，叠成四方形的情景。我抽出一块绸布，把它抖开。它是深蓝色的，在叠成两半之后近乎黑色。我把它悬垂在椅背上。我抽出第二块绸料。这块布是橙色的，它的色彩如此鲜明，几乎灼痛了我的眼睛。我一块接着一块地抖开那些丝绸，直到整个房间都灼灼生光。我好像是从包裹中织出了一道彩虹似的。我把一块绸布绕在腰间，打了一个结，又把另外一块缠到胳膊上，我用一块裹住头发，再用一块围住肩膀。我端详着镜子里的自己，对自己创造出来的这幅景象大笑不已。我渴望跳舞，因着这一纯粹的欢欣。整整一个下午，我

204

都为这个包裹而沉醉,不断进行着各种搭配,尝试丝绸裹在我身上的样子。不管各种色彩是协调还是不协调,我都快乐无比,享受着不同的搭配带来的快感。到了终于必须下楼的时候,我把丝绸一块块还是叠回四方形的模样。然后,我拉开一个抽屉,倒空了我储藏在那儿的所有素描作品。我把绸布一层层地放进抽屉,每两层之间都用一张新纸垫上。当最后一块绸布被妥当地盖好之后,我把抽屉关了起来。在朱利安的有生之年,我再也没有打开过这个抽屉。

第十章

　　我站在你房间的窗口，透过树荫看外面的广场。因为和出版
社有关的什么事，你被叫到地下室去了。我不知道你会在那儿待
多久。我从窗边转过身来，慢慢地在房间里踱着步。在稍远一点
的墙上有三块大大的嵌板，在你搬到这儿后不久，我和邓肯一起在
上面画过画。现在我盯着它们看，尝试用一种批评性的眼光来对
它们进行评估。色彩带有地中海的风情——有红色、蓝色和褐
色——静物则用交叉排线限定在一个圆圈之内。我审视着那些东
西：左边有桌子、罐子和纸卷；前方是钢琴和吉他；右边则是花瓶、
打开的书、扇子和曼陀林。我竭力想回到和邓肯一起作画时那种
宁静而投入的状态。

　　你回到房间，皱着眉。

　　"都顺利吗？"我问道。

　　"是的。在排字的顺序上出了点差错。幸运的是，当我检查的
时候，伦纳德的指令清晰无误。"你坐到惯常坐的那把椅子上。那
些狗本来是趴在炉火前的毯子上的，这会儿都站起身来到你身边

躺下。你把手放到了品克的脑袋上。

"我们收到了朱利安的来信。一封是写给伦纳德的,一封是写给我的。它们是昨天到的。"

我开了口。这正是我一直期待着和你谈谈的话题。

"朱利安说了些什么?他好吗?"

"看来他努力要证明自己呢。写给伦纳德的那封全是有关政治的。他想以劳动党为平台来发动一场武装革命——他还希望伦纳德能帮他来做这件事!"

你的话让我的脸色变得苍白。连续有好几周了,朱利安的所有来信表现出来的,都是在左派那种观望态度面前越来越强烈的挫折感。

"他说,欧洲只有两种选择——要么,是我们向法西斯分子投降,要么,是我们必须战斗。他觉得,决定性的军事行动是拯救西班牙的唯一希望。"我咬住了嘴唇。"你和伦纳德也这么想吗?可是,从上一场战争来看,军事行动似乎和我们努力为之奋斗的一切都是格格不入的啊。"让我吃惊的是,你把身子转了过来。我看着你爱抚着品克的耳朵。

"噢,我们也讨论了这个问题,"你含混地说道。你举起手来,撩起一缕散落下来的头发。品克本来一直在享受着你的抚摸,这会儿也抬起头来。

"我对朱利安很担心呢。"我脱口而出道。你把椅子转来转去。

"为什么?"

"他说的每一句话都是那么白是白、黑是黑的。让我担心的是距离——我是说他很孤独,而且离我们那么远——会使他对现实究竟是怎么回事并不清楚。"

"看起来他当然会产生错误的判断!"你脸上的恼怒一览无余。"甚至他去西班牙的打算都只能说是一种过渡——一种获得对战争的亲身体验的方式罢了,这样他以后就可以有更大的计划!"

"但是,他还有一年的合同期呢……"朱利安在信中对西班牙的评论似乎是一种纸上谈兵。你看出了我的惊慌。

"你还记得他和昆汀小时候常玩的战争游戏吗? 这会儿,他信中说的话让我想到的就是这个。一个小男孩儿受到的挫折感现在经过乔装打扮,表现为军事策略啦。我有没有告诉过你他上回来这儿时的模样? 当时我一个人在家,我向楼下客厅里看时,看见的是一个陌生人。我喊了一声,问他是谁,他抬起头来,我这才发现根本不是什么陌生人——而是朱利安,他戴了一顶巨大的帽子。他过去是从不在乎穿着打扮的。他向我要一个电话号码——我记不得是谁的了——我请他上来和我一起吃午饭。他摇摇头,说了些什么事儿太多之类的话,尽管我能够感觉出,我请他留下来吃午饭,他还是很高兴的。后来我意识到,问题的关键在于:一个被崇拜他的家人包围的年轻人,该如何成功地获得自由?"

"他有没有告诉你,正陷在一桩风流韵事当中?"我突然问道。你笑了起来。

"嘿,那并不坏,不是吗? 我能理解你和他彼此之间意味着什么,不过,总得有什么时候让他开始过自己的生活。"

我瞪着自己的双手。尽管今天我并没有工作,但指甲盖却显得很粗糙，而且中间开裂了。

"当他刚去中国的时候，我非常想念他。后来，他的信开始寄到了。这些信似乎把他又还给了我。"

"写信当然是好事……"你开始说道。有一段时间，我并不怕你责备我什么，而是坚持着自己的思路说下去。

"我知道，我确实把他抓得太紧啦。我只是希望我所有的孩子们都好，不过，朱利安确实要特殊一些。他是我的头生子啊。有时候我会觉得，我做的一切最后反而会毁掉他们的。我好像没法子把他们看成是独立的个体——而只是我自己的一部分。而且是最好的部分。"我把双手放到大腿上。你盯着我看了好一会儿。

"他和另一个女人有瓜葛，这就说明你并没有把朱利安全都毁掉啊。"

我摇了摇头。

"这并不是一种真实的关系。他所有的风流韵事都不是。她是他那里的一位教授的妻子。"①

"这位教授知道这件事吗？"

"当然不知道。不过，这只是时间问题，他最终还是会发现的。"

---

① 这里的"她"指的是中国短篇小说家凌叔华。她的丈夫陈西滢时任国立武汉大学文学院院长。朱利安·贝尔在武大文学院任教期间曾与凌叔华有过密切的关系。朱利安牺牲于西班牙反法西斯战场后，凌叔华曾与文尼莎·贝尔和弗吉尼亚·伍尔夫姐妹间书信往返，并在弗吉尼亚·伍尔夫的建议、鼓励与指导下用英文写成了自传体小说《古韵》。《古韵》后在伍尔夫夫妇创办的霍加斯出版社出版。——译注

"那么后果呢?"

"他会被迫离开的。我能肯定这一点。"

我又走到窗口。我决定最后再向你提出一个恳求。

"山羊,你能帮我写信给朱利安吗? 说服他,不管发生什么事,他都不能去西班牙。我想都不敢想,万一他出了什么事,我会怎么样。"

我直视着你的眼睛。让我深感欣慰的是,你点头答应了。

我让自己一直处于忙忙碌碌的状态。邓肯说服我陪他一起去看在伦敦举办的超现实主义展览。我去了,虽然我并不喜欢超现实主义的作品。一走进展览厅,我立刻意识到本来就不该来。我几乎是随随便便地选了一幅油画,并花了几分钟的时间来看它;我知道,本来是不该这么快就看完一幅画的。画面的左边是一只作为特写的手,巨大的指甲盖直指向我们。这只手中抓着一个奇怪的装置,看起来很像是用核桃壳和金属钉子做成的。有些钉子刺穿了手指头。画面的右边有两个脑袋。眼睛全都布满了血丝,看起来像是人的脑袋,但是它们的形状却又像是鸟的脑袋。其中一个脑袋上还有两只角,中间有一根线穿着。画面的顶部有一只气球,像是空中的一个黑点。

我不喜欢这幅画。我作为画家的所有本能都在拒绝这种刺眼的象征主义,以及某种叙述的碎片,这种叙述让我完全失去了用眼睛看的欲望。但是,尽管我拒绝与反对,我的思想却如脱缰的野马般,对它进行了种种可能的阐释。左边那个作为特写的手是不是代表了上帝之手呢？那两只鸟是一对儿吗？那个残酷的装置究竟是什么玩意儿？或者，在我看来，那个看上去像是在远处自由漂浮的气球又是什么东西？我想大声喊叫，这不是绘画；这只不过是用图形表达的思索罢了。它使我们专注于思考而不是观看。这是我心目中艺术的对立面。我向出口处走去。

街上的凉气重又让我神清气爽起来。我知道，邓肯还会在展览厅里待一会儿的，所以我打算到公园里去等他。我走了好几分钟，然后在池塘边的一张长椅上坐了下来。玫瑰花正在盛开；它们浓烈的香气弥散在空气中。我取出素描本和铅笔，开始画起喷泉来。在喷泉中央的雕像上，聚集着不少鸟儿。我一边画，一边惊恐地发现，我把鸟儿的头画得和画展里那幅画上一样的了。我傻乎乎地在一只小鸟头上的两只角间加上的那根线，活像是一条不让小鸟飞起来的系带似的。我又画出那只可能的上帝之手。我心里很奇怪，这些手指，究竟是一个男人的，还是一个女人的？接着，我画出了那个核桃壳，牢牢地嵌在最大的那根穿过手指的钉子的中央。只不过在我的画里，上面有血罢了。我找到一根蜡笔，画出一道深深的红色伤口，这道伤口使得手指由于刺痛而弯曲。我从素描本上撕下这一页，然后重新开始。这一回，我认真地临摹那些玫瑰。我画出了玫瑰花外层贝壳状的花瓣，和它包得紧紧的中心部位。现在，我的心已经静下来了，一心一意在画玫瑰花。我一直画到该去展览馆找邓肯的时候。

朱利安的预言变成了现实。我读着他的来信，各种念头彼此紧张地冲突着。信中，他宣布要为西班牙的共产主义者而战。他要我到卡西斯去，这样，当他乘坐的船停泊在马赛时，我们可以见上一面。我立刻回了信，意识到已经刻不容缓。我向他指出，在英国除了我之外，还有别人有权对他提出要求。我请他想想查尔斯顿，想想他过去喜欢在那儿读书的、阳光灿烂的客厅角落，想想他心爱的、在丘陵地带的漫步。我把信叠好，装进信封，塞进口袋。在去邮局的路上，我又从怒放在灌木树篱间的一朵野蔷薇上摘下几片花瓣，夹在我的信纸中间。我的恳求终于产生了效果；朱利安同意回家。在当时，至少他是安全了。

为了欢迎朱利安回家，我组织了一次晚会。朱利安身穿中国长袍，显得很是风光。我目不转睛地盯着他看。在经过如此漫长的离别之后，我似乎需要好好地看看他，才能使自己获得满足。他分发了带给我们大家的礼物。我得到了丝绸和手工操作的印刷机印出的纸；邓肯和昆汀得到的是画；安吉莉卡的则是一套玩具大小的瓷质茶具。那些书是送给你、伦纳德和克莱夫的。我们问着有关中国的事，直到再也问不出什么问题来了为止。朱利安向我们描绘了中国的风景、人民、陌生的习俗和语言特点，好像事先把每一句话都操练过一般。那天，我们一直谈到夜深时分。昆汀试穿了一下朱利安的长袍，安吉莉卡则学了学中国淑女该有的仪态。即便是你，也被朱利安对他的笔友叔华的形容吸引住了。在人人都上床睡觉之后，我还留在空空的桌边，默默地祈祷如此的幸福能够长久。

第二天，朱利安和我在丘陵间散步。我们挽着胳膊，就像一对

212

老情人似的。他终于透露了我一直害怕面对的消息。他说，法西斯分子正在节节紧逼，而在政府毫无作为的情况下，他受不了置身事外的闲适与懒散。他提到了那些已经前往西班牙的人的名字。他告诉我，他已经掂量过了风险，随时准备着为一项他全力支持的事业奉献出自己的生命。

我们吵得面红耳赤。我压根儿没有想到，我们之间居然还可能吵得那么久，而且吵成那种样子。我们一直争执到当天深夜时分，上床时都已经精疲力竭了。我们僵持着，谁也不肯让步，而到第二天清晨精力稍有恢复时，又接着争论下去。我绞尽脑汁，想出各种办法。当我实在无力靠自己的力量来说服他时，我又求助于你、克莱夫和梅纳德。到最后，我们终于勉强达成了一项妥协。朱利安将不报名加入国际纵队①，而以志愿者司机的身份参加西班牙的医疗救援。

我能做到的只有这个了。我已经想尽了办法。现在，我唯一的希望是尽量降低风险。我看着朱利安消失在他自己攒钱买下并装备起来的救护车里，手紧紧扶住门柱。我不清楚自己就这样过了有多久。我能记得的是当我回到屋子里时，天已经黑了。我扭亮台灯，燃起客厅里的炉火，想给自己找点事情做。最后，我走进花园，希望在静穆中，能够稍稍重温朱利安第一次回家时我感到的那种安详与宁静。

————————

① 国际纵队，为1936－1939年间西班牙内战期间由各国工人阶级和进步人士组成的志愿军，协助西班牙共和政府反击德、意干涉军及西班牙反政府军。——译注

我把心思放在房间上面。周围全是朱利安的东西,这一点让我感到有所安慰。我决定重新装饰他的房间。他在行前把一切都收拾得整整齐齐,这让我很是吃惊。他的写字台上是空的,他的衣服叠得平平整整地放在橱柜里。我从书架上取下他的书,把它们存放到箱子里。我把床从窗边移开,用一条旧床单把它罩上。然后,我开始为作画做准备。我画画的时候不去多想什么,只是迫使自己全神贯注于面前的色彩与形状。我在窗户周围设计了一圈饰带,里面有插满了百合的灰色花瓶,以此来象征和平。在窗帘盒的上方,我画的是有蓝色的点点环绕的金色的太阳。在画面的空隙处,我用褐色的斜格、小小的圆圈以及红白两色的花朵填上。突然间,透过眼角,我看到有什么东西在动。有一会儿工夫,我想那一定是昆汀。但当那张脸面对着我时,我意识到那其实是朱利安。我转了一圈,不敢相信。人影消失了。我依然一动不动地站着,一只手扶住窗框以防止自己跌倒。我又仔仔细细地环视了一遍室内。什么也没有。我的眼光落到一把插在朱利安写字台上层抽屉的锁眼里的小钥匙上。我把钥匙拔了出来,打算把它藏到一个安全的地方。可是我拔钥匙的动作把抽屉也拉开了,因为抽屉并没有锁上。抽屉里面有一叠文稿。在文稿的最上面有一张纸条,上面是朱利安亲手写下的一行字:"在我死去后打开。"

我再度努力让自己忙忙碌碌地。昆汀为我的生日写了一个剧本。我们在客厅里分头坐下,椅子被摆成了半圆形。安吉莉卡站在壁炉的前方,头戴一顶圆锥形的帽子,上面写着"向导"两个字。

她手上拿着好多纸，一个个地为我们贴上标签，好像我们是一件件的家具。克莱夫、兔子和梅纳德先被贴上了，然后是你、伦纳德、邓肯和我。现在不戴眼镜，我已经很难看清楚标签上写的是什么了。昆汀露面了，读了一段报纸上的故事，说是从月球上来了一群访客，组成了一个代表团。似乎我们已经到了2036年了。安吉莉卡先是欢迎昆汀来到查尔斯顿，然后带着他在房间内游览。她告诉昆汀，室内的装饰全是用一种包含罐子和刷子等工具的古代技术创造出来的。昆汀打着哈欠，明显地对她的解说感到厌倦。只有当安吉莉卡开始讲到这栋房子里的人时，昆汀才产生了兴趣。他的劲头儿上来了，开始缠着向导打探他们的性格和习惯。当她告诉他我的坏毛病，即接待客人的时候总喜欢穿着上面留有画画时的油彩和花园里的污泥的衣服时，他的眼睛瞪得溜圆。谁都逃不过。你不喜欢被别人拍照的习惯被放大到了可笑的程度，伦纳德则总是忙不迭地回绝参加游戏的邀请。在昆汀的质询下，安吉莉卡越来越兴奋，对我们的毛病也暴露得越来越多。她表演了克莱夫早晨懒洋洋地梳妆打扮的样子，邓肯总是记不住约会，还有梅纳德则嗜钱如命。演出完毕，我们拍手欢呼，要求再来一个。没有人提到，西班牙的战事已经开始了近一个小时了。

我们在花园里闲逛，那里的一张桌子上摆满了吃的。我发现你正坐在一棵苹果树下的小毯子上。于是我也坐到了你的身边。

"安吉莉卡很有天分，"你开口说，"她可以继续发展下去的。"

"她崇拜表演。她总是这样的。"

"她表演得非常出色。"你转过头来，直视着我的眼睛。"可不是只有我一个人注意到,她穿着那件白色的连衣裙有多么迷人哦。"

"你是什么意思?"

"兔子一直盯着她,眼睛眨都不眨的!"

"兔子? 别开玩笑了。"

"我有的时候真是奇怪啊,作为一个画家,你对某些东西居然视而不见。"

"安吉莉卡一生下来,兔子就认识她。他都可以当她的父亲啦。再说了,我们之所以会邀请他,只不过是被他的信感动了而已。"我从草地上拔起了一棵雏菊。"似乎芭芭拉没有几年活头了。"

"没错。"你冷冷地瞪着我。"难道你没有注意到安吉莉卡给他别上标签的时候,他对她微笑的样子吗?"

我无法掩饰自己的蔑视。

"我当然注意到了! 她没法子把别针穿进他的羊毛夹克,因此他帮着她把纸塞进他的标签里罢了。"

你绽出了一个古怪的笑脸。

"我有时候觉得我们俩是通过同一双眼睛在看这个世界——只不过戴的眼镜不同罢了。"①

"说到眼镜,我已经看不清标签上的字了呢。你刚才扮演的是书架吗?"

---

① 兔子即大卫·伽内特,后娶了安吉莉卡为妻。——译注

你开玩笑地对我眨了眨眼。

"哈！不，我是小说啊！"

另一场战争的阴影在渐渐地逼近。朱利安的来信也开始到达。和他的中国来信那种兴高采烈、仔细推敲并常常体现出独立思考的写作风格相比，这些信函显得简短扼要，给人以匆匆忙忙中一挥而就的印象。我把它们排列在壁炉台上，仿佛是一种护身符似的。我迷信地认为，这些信排列得越长，朱利安就越是安全。

我请沃根来做客。尽管他的胳膊上还缠着厚厚的绷带，我还是要求他给我讲讲战斗中的事。他向我描绘了等待、突然发作的狂乱行为，还有对于死亡的几近漠然的态度。

我停下了写字的手，透过客厅的窗户向外看去。燕子在空中划出奇怪的舞姿。我取下眼镜，揉了揉疼痛的前额。我下面要讲出的事，是需要我付出全部的勇气的。

这是我对朱利安在世的最后一天生活的想象。早早地醒来，阳光已经十分灼热，利用战事暂时平息的空档把路上坑坑洼洼的地方填平，不然往前线的路不好走。一群敌机出现了，猛烈的机枪扫射一路扬起了尘土。朱利安赶紧找地方藏身。一颗炮弹在救护车附近炸开了，朱利安正在那里。一块弹片戳进了他的身体，极度的疼痛。他还挣扎着想给我写信，笔记本上的一页空白处有三个歪歪斜斜、异常潦草的字。

当电话铃声响起时，我完全不明白对方在对我说些什么。血在我的耳中轰响，我呼吸痛苦、沉重而急迫。随后，一切都变成黑色的了。好像水最终把我淹没。

再一次地，是你拯救了我。你坐在我床头，不断说着什么。它们就像是我求生的希望。我无法思考，无法讲话，只能听。起初，我不明白你说的是什么。后来某天晚上，我想是看见了朱利安的遗体，正直挺挺地躺在一张手术台上。我转向你，尖叫了起来。你把我紧紧地抱住。我听见你说，世界是一件艺术品，尽管并没有上帝，我们都只是它的一部分。

我瞥了一眼那只攥着那个奇怪的装置的手。我意识到，当我们中的某个人投降的时候，另一个人就必须战斗。我亲眼目睹了搏斗带来的血腥。它就在远处，像一个鬼怪。我仔细看着一只色彩绚丽、在空中自由飘浮的气球。

第十一章

我坐在朱利安的写字台前。很久很久了,我一直在拖延这一时刻的到来。我把钥匙插进锁眼,打开上层的抽屉,取出了朱利安的文稿。

你是对的,朱利安的纪念文集应该被出版。我这里还有一叠他的诗歌,这是他书信的另一种形式。对于我的儿子,我是有责任的,我得从他的生命中拯救出一些东西,使之留存下去。我拿起了那叠文稿最上面的一页。看见朱利安的笔迹,依然使我感到痛苦万分。我把文稿放回抽屉里,写信问你是否愿意帮我把它们编辑出来。

你过来喝茶。我正在做防空袭用的厚窗帘,厚厚的窗帘布从我的膝头上拖了下来。你在我身边坐下时,我并没有抬头看。

"你觉得怎么样?"过了一会儿,你问道。

我把针戳进窗帘布里,把线抽了出来。

"我能帮什么忙吗?"

我耸了耸肩。你把我的表示理解为同意。从我眼角的余光中,我能看见你开始从窗帘的那一头缝了起来,准备缝到我这边来。我们默默地缝着,好一会儿都没有开口。

"我有没有告诉你,我收到了海伦写来的一封关于小房子的信?"你开始说话。我差一点儿把针戳到了自己的指头上。我十分恼火,忍不住地爆发了。

"海伦也写信给我了。她说你简直是在求她租下那房子!你可没这个权利!"你迅速抬起头来看了一眼。我的愤怒让你很是吃惊。

"海伦一直在找一栋小房子——因此我才这么建议她的。她和她的孩子们看上去都是很亲切和善的人。"

"那只是因为你不会和他们住得那么近,不用担心他们没两分钟就来敲你的前门!要不,就是不管你到哪里去,总会碰上他们!"

"我原来并不知道,你对海伦那么没好感。"

"这不关海伦的事。你无权对任何人提那栋小房子的事。"我的线快用完了,我快速地缝着最后的部分。

"我很抱歉。我原想,假如有你认识的什么人租下那栋房子,你就不会觉得那么孤独了。邓肯说,连续有好几个星期,你这里都没有什么人来了。"

我重新穿好了线,扯过另一处需要缝的地方,放到自己的膝头上。你用手护住自己在缝的另一头。

"你过去总是喜欢身边有人围着的。这座房子以前总是高朋满座。你都快要变得离群索居了。"

我调整着线缝,让它保持平直。

"有那么多人,我已经受够了。"

"我不明白,你干吗要搞得这么自闭。你过去可是——"

"我知道,是光明之源,"我粗鲁地打断了你的话。

"邓肯告诉我,你甚至连画都不画了。"

我瞪着自己的针,把窗帘布稍稍推开。你说得一点没错。自从朱利安牺牲之后,我画得非常之少了。

"那又怎样?"

"尼莎,你总是在画画的。"

"哼,或许到了该放弃的时候了。"

"别那么说。"你的声音低得近乎耳语。

"这是真的。我画的所有画都那么丑,而且死气沉沉。没有什么值得再继续下去的。"

你的脸色变得苍白了。我觉得有一阵负罪感。我知道,你受不了看着我像现在这样自暴自弃的。

"不管怎么说,现在没什么人买画了。"

"也没什么人买书啊,但那并不能说就是不再写作的理由!"

我抬起头来看了一眼。我第一次发现,战争对你来说将会产生不同的意义。

"你相信有关入侵的那些传闻是真的吗?"

"我觉得完全有可能。"你也停下了手中的针线。有好一会儿,我们俩面面相觑。"那天晚上,我睡不着,于是想象敌人入侵时的情景。我听到车胎碾过碎石路面的声音、敲门声,以及德国士兵破门而入时的呼叫声。"

"伦纳德怎么说?"

"他说,这一次是我们处在前线。"你取出剪刀,修齐窗帘布边缘不平整的毛头。

"你已经听过报道了。犹太人全部被集中到了一起,拘押起来。伦纳德不可能有什么机会逃过的。"

"那么你呢?"

让我吃惊的是,你笑了起来。

"一个犹太人的疯妻子! 我也不抱任何幻想。"

"但是我们能做什么呢?"我们两边的线缝快要合拢了。你从自己那头把窗帘叠了起来。

"做好准备。伦纳德有一根软管,车库里还有一桶汽油。"

现在,我的脸变得苍白。你的镇定使我很是震惊。你看上去似乎一点儿都不害怕。

好像有一个巨人来到此地,把娃娃小屋的墙撕得粉碎。楼梯中间突起的部分还在,但在它背后,我看出各间屋子里所有的东西都被破坏殆尽。壁炉上方吊着一面玻璃已经碎裂的镜子,桌腿被埋在一堆瓦砾里,浴盆被整个地翻了个个儿。尽管报纸上刊登过伦敦大轰炸的照片,但是,我还是一点儿思想准备都没有。整栋屋子都被用绳子围了起来,当我走近时,一个看守向我走了过来。我向她解释了我的身份,于是她让我进去了。我们一道爬上楼梯,我觉得好像整栋建筑随时有可能坍塌。我用围巾掩住鼻子,挡住灰尘。当我们终于爬到平台上时，我发现通往我工作室的门上的铰链已经不见了。在看守的帮助下，我把门卸了下来，然后爬上一堆瓦砾。房间内部，好像巨人已经把我所有的一切都洗劫一空。我的沙发倒靠在墙上，我的画架破了，也倒立着，我放在架子上的坛坛罐罐和书本全都碎裂、散落在地上。我立刻意识到，我的那些画全都无法修复了。我瞪着劫后余生的唯一一幅油画，那一定是我当时靠在窗下的。在炸弹爆炸掀起的巨大热浪中，油画上的人物扭曲成了怪诞的漫画形象。我转过身去。这里的一切已经无可挽救。

书捧在我的手中，显得厚实而又沉甸甸的。我翻开来，盯着印在扉页上的我儿子的名字。我把它在书架上放好，用手指抚摩着书脊。这已经不是你为我编纂的第一本书了。最后，我终于意识到自己正在寻找什么。我抽出你为罗杰写作的传记，翻开了第一页。我读着你对他儿时玩耍的花园的描写，那里有矮小而脏兮兮的苹果树。偶尔在某个角落，也会有罂粟花开放。你的文字把我带回了剑桥，带回到了火车上的一个座位和那个当时还不算了解的男人身边。火车冲过田野，那个男人大叫："看！看啊！"我循着他的眼光望出去，惊奇地看到在成熟的麦穗映衬下，一簇艳红的罂粟花像火焰般在燃烧。我又变成了一个年轻的女人，朱利安还是个孩子。你的文字就是有着这股魔力。

你在朱利安生日的这一天写了卡片寄来。你是唯一一个记得这一天的人。我坐在那里想着我的孩子们,你的卡片在我的膝头上。安吉莉卡正和兔子待在一起;昆汀在伦敦;邓肯作为战争艺术家在普利茅斯工作着,我也并不指望他能够回家来。尽管到现在为止尚无婚约,但我知道兔子肯定是会娶安吉莉卡为妻的。尽管你言辞中多有安慰,我还是感觉万分凄凉。我盯着客厅窗户外面看,观察着云朵在天空中飞快地掠过。似乎已经没有什么值得继续下去的了。

我把钥匙插进油门。当引擎发动起来时,我感到隐隐地有一线希望。我得去见你。虽然我的汽油定量配给已差不多快用完了,但我并不介意。我得亲口告诉你,我已无法再信守自己在处境极度不同的情况下许下的诺言了。

当我驾车穿过草地时,我尽量保持车速平稳。路面上,树木投下了斑斑驳驳的影子。当我终于把车停在你的屋门前时,两棵巨大的榆树,就是你分别叫做伦纳德和弗吉尼亚的,在风中挥舞着枝条欢迎我。让我倍觉宽慰的是,你是一个人在家。

我惊奇地环视了一遍你的客厅。客厅里有箱子、一摞一摞的书,还有散落得到处都是的文稿。后来我想起来,你在伦敦的寓所也遭到了轰炸,那么这些应该是劫后幸存下来的东西了。

"损坏是不是非常严重?"我问道。

你跪在一只箱子旁边,开始移出箱子里的东西。你并不专门在找什么,只是简单地把里面的东西都转移到已经堆在地板上的那堆东西里。

"噢，所有东西全毁啦！家具、绘画，还有地毯——全都给毁掉啦。这些书和文稿几乎是仅存下来的东西了。"你吹掉积在一本书上的厚厚一层灰尘。"你瞧，即便是这些书也部分受到了毁坏。"

"你不觉得把它们全都留在箱子里更好些吗？"

你看看我，好像我的精神不正常似的。

"噢，不，我得把所有的东西都取出来。"

"我对房子的事觉得很难过。"

"不要觉得难过。从许多方面来看，丢掉所有那些东西倒是个解脱。我也有了新发现。"你从身边的一摞东西里仔细翻找，抽出一本笔记本来。"瞧，这是一本我一直留着的、写《到灯塔去》时的日记。"你翻看着这本日记，不时停下来，自己默默地读着其中的一些片段。

"山羊，我有话对你说。"我犹豫了一会儿。"我……没法子再撑下去了。"

你抬起头来，看了我一眼。我注意到你的双眼由于恐惧而睁圆了。你并没有搭腔，而是又俯身到箱子上，从里面取出一包信来。

"啊，这些是你在托比出生前写给我的信。"

我无法判断，你故意不提朱利安的名字是不是有意的。你从信封里抽出一封信来。

"克利夫之屋！你还记得老斯奎尔·贝尔吗？他把那匹马的马蹄用来当烟灰缸使。用这种方式来纪念自己心爱的动物！"

"山羊。"我现在是在恳求你了。"你还记得我对你的承诺吗？"

你依然不肯理我。我知道你现在在干什么,努力使自己沉入故事中去。我听着你絮絮叨叨地说着,一直到我不得不离去为止。黑地里开车是非常危险的。当我亲吻你,向你道别时,你的身体在我的怀里显得是那么的脆弱。有一会儿工夫,我渴望着能够留下来,在炉火前,在你身边好好地放松一下自己,喂你吃厚厚的烤面包片,就像我们小时候我经常做的那样。可是,我还是向自己的汽车走去,驾车离开了。

是你的园丁打来的电话。在听筒中,他的声音仿佛是从很远很远的地方传来的。我把听筒放回原处,瞪着门厅桌子上那只插着鲜花的罐子发愣。我不知道该拿这些话怎么办。它们在我的脑海中跳来跳去,可是全无意义。一切都在离我而去:门厅的桌子,还有上面所有的东西都在向远方奔去,怎么够也够不着。我靠到墙上,让自己不至跌倒。我看见你正站在河堤上,四处寻找着石块好放到口袋里。我感觉到了你蹚进河水时那种使人麻木的寒冷,感觉到了你迫使自己往前走时湿衣服的重量。① 水进到我的嘴里、我的肺中,因为河水在把我们一起往下面拽。这一次我终于逃不过了。黑暗笼罩了一切。我也失去了战胜它的意愿。

---

① 1941 年 3 月 28 日,弗吉尼亚·伍尔夫在寓所"僧舍"附近的乌斯河中溺水自尽。——译注

第十二章

我当时四岁。在圣艾维斯我们的起居室里，我在母亲的缝纫筐里使劲儿翻检。母亲正坐在椅子里做针线活。有一段时间，房间里只有我们两人。我抽出母亲的一条披肩，裹到自己的肩膀上。披肩又柔软又暖和，上面还有薰衣草水的香味，那是母亲疲倦的时候会抹在手腕上和太阳穴上的。我想象着自己是一位女王，正盛装出席某个重要的国事活动，还急切地拉了拉母亲的裙子，希望她能看看我。母亲看见我全身裹着她的披肩后，就把它拉了回来。她还很生气地告诉我说，她的披肩不是拿来玩的，随后便打发我离开了起居室。我跌跌撞撞地跑进花园，竭力忍住不让自己哭出来。托比找到了我，把我拉到了草地上，我们就躺在那里，用胳膊搂住彼此的脖子。我得到了抚慰，心情放松了下来。我凝视着天上的云彩，竭力想找到天使在哪里。可是后来一阵阴影自天而降，你试图躺到我们俩中间。我转过身去，把拳头压到眼睛上。当我再次睁开眼睛时，你和托比已经一起坐到了花园的墙头上，正在向我挥手。

这是我回忆中的图景。无论我多少次晃动记忆的万花筒，里面的东西总是会落到同一个地方。我、托比和你。

当汽车把我送到查尔斯顿的门口时，一切看上去都显得奇怪而又荒凉。我走进前门，瞥了一眼那些信。格蕾丝临走前把它们摆得整整齐齐的，放在门厅的桌子上。我上了楼，在客房的门口停住了脚步。我走了进去，躺到其中的一张床上。朱利安和昆汀小时候在这个房间里睡过觉。门后挂着安吉莉卡画的一幅画，窗台上还有昆汀塑的一座赤褐色的陶土胸像。我把盖毯拖到身上，合上了眼睛。我不知道自己在这里待了多久。我想起了我们一起把你的骨灰埋到那两棵榆树下时，伦纳德脸上那种绝望的表情。我意识到人们正在向我围拢过来——邓肯、昆汀、安吉莉卡，那么多人的面庞混到了一起，显得模糊不清。有一次，当我睁开眼睛时，我在床对面那张梳妆台上的镜子里看见了自己的脸。映在银色玻璃镜面中的我的脸又让我想起了另一张脸，曾在这里若隐若现，现在看来，那似乎已是很久很久以前的事了。我慢慢地坐了起来。正是从这面镜子里，我目睹了母亲的离去。

我先是用稳固的两根长条，画出了画架的垂直支架。随后，我又画出了两根平行横条，与支架水平交叉，最后，我把撑脚也画出来了。一旦我确定好画框的位置，马上在我画布的反面涂抹了起来。我并没有刻意掩饰画布上的空洞，或者它的丑陋；重要的是它占据了画幅的中部空间。在画面上画架的右侧，我画上了自己，正坐在那张上面有着褪色的绿垫子的旧椅子里。我的四周全是那些用来画画的东西：画刷、抹布、调色板和调色碟，还有油瓶和松节油。画面中的我扭着头，并不正对着画架，这样面部特征就显得不那么清晰。我希望重点突出的不是艺术家，而是绘画行为本身。在我的上方右侧直到画面顶部的地方是窗户，窗户上方则是苍白的天空和光秃秃的树枝。我画了一段时间之后，便停下来端详一番。画面上有画框，画布上让人气馁的空白，还有稍显无力的眼睛、画刷和手。我又看了一眼，发觉嵌着蕾丝花边的窗帘上有一点柔和的杏黄色和淡淡的紫色映到了艺术家的衣袖上。她的姿态显出精力充沛和特立独行的样子，让我想起了你来。我再仔细端详了一番她的形象。这一回，我意识到她手中握着的并不是画刷，而是一支钢笔。

我在为你的最后一部小说①设计封面。我在一个舞台上画上了合拢的幕布，用钢笔迅速地画出了很多皱褶，以表现帘幕的悬垂感。幕布的两侧则画上了许许多多的花朵。我想暗示舞台上即将上演的戏剧是趣味盎然、内蕴丰富的。我把你这部小说的书名安排在封面顶端，使文字成为整幅画面设计的组成部分。我写下了我们俩的名字，清晰地，自豪地。我又想，是否该在帘幕的中间留出一道缝隙，以便我们可以约略瞥见戏剧的某些内容。你是怎么说来着？并非我们放入画框的东西才是能够长久的。于是，我还

---

① 指《幕间》。——译注

是让帘幕合上了。

我的写字台上有一瓶迎春花，小池塘也在树荫掩映下闪出熠熠金光。很快，我就会把它们画出来的。我已经在开始准备调色了。现在，我把素描本放到一边。对我所讲的这个故事，我还有几句话要补充一下。

第十三章

在那儿，终于完成了。过一会儿，我会把写下的纸页都整理好，扎成一束。我会穿上外衣，套上靴子，步行到河边去。我会把裙子拢好，跪到河堤上，并环视四周，确认周围只有我一个人。我会把第一页纸浸入水中，看着上面自己的字迹逐渐变得模糊。我必须等到纸页完全浸透了水才行，这样它才不会被风吹走。然后，我会让水流把它从我手中卷走。只有在所有的纸页都这样没入小河中之后，我才算完成了供奉。这个故事是献给你的。

我的眼睛向窗外望去，并被苹果树下一簇绚烂夺目的迎春花所吸引。我决定把画架支到外面，不画瓶里的迎春花了，而是去画它们。我凝视着那簇金黄色，在阳光下显得是那么的鲜明生动而又可感可触。你是对的。重要的是我们要不断创造，永不停歇。

译后记

　　2010 年春,我收到英国圣安德鲁斯大学(University of St. Andrews)英文学院教授苏珊·塞勒斯(Prof. Susan Sellers)的来信,询问她的长篇小说《文尼莎与弗吉尼亚》在中国翻译的可能性。她还寄赠了封面印制得十分精美的小说。我翻阅过后,很是喜欢苏珊清丽、雅淡而富有味道的文笔,加之之前一直在做弗吉尼亚·伍尔夫的相关研究,正有赴英伦进一步搜集资料的计划,于是接下了翻译这部小说的工作,并于 2010 年秋飞赴英国,前往圣安德鲁斯大学英文学院访学。位于苏格兰首府爱丁堡附近的圣安德鲁斯是一座仅有三条主街,步行从这头走到那头不超过 20 分钟的小城,却是高尔夫球的发源地,拥有全世界最为古老与著名的高尔夫球场;圣安德鲁斯大学亦是英国威廉王子和凯特王妃夫妇的母校,是一座历史悠久程度仅次于牛津与剑桥的名校,建校已有 600 年。小城内教堂、城堡与其他古迹鳞次栉比,诉说着苏格兰历史上残酷的宗教纷争与风云变幻。

　　英文学院对我很是礼遇,不仅在大学最漂亮的主楼内为我安排了一间办公室,而且还配备了电话和打印机等。拥有了伍尔夫所向往的"一间自己的屋子",清晨自海边一路谛听着海鸥温柔的啼叫声,穿过大学教堂走进办公室,心很快能安静下来。更为难得的是,我的办公室墙上挂着的,居然是伍尔夫的姐姐文尼莎为妹妹所画的一幅肖像画!因此,我觉得自己与斯蒂芬爵士的这两位著名的女儿,"布鲁姆斯伯里文化圈"中两朵最美丽的娇花似乎有着某种神秘的机缘。每当我从译事中抬起头来,便可看见伍尔夫斜倚在长椅上、凝神静思的娴雅模样。可以说,对这部呈现斯蒂芬姐妹间的血缘深情与复杂关联的小说的翻译,一直是在墙上伍尔夫肖像的注视下进行的。而我也一直提醒自己,一定要认真仔细,吃透文本,似乎这样才能不辜负两姐妹冥冥中对我的期待。

由于有着近在咫尺的图书馆丰富的藏书做后盾,我的翻译工作进展顺利。在译事之余,我流连于图书馆中,几乎翻遍了架上有关伍尔夫、布鲁姆斯伯里文化圈的相关论著。这些努力进一步丰富了我对一百年前以斯蒂芬姐妹为中心的英国现代主义文艺群体风貌的理解,并对我的翻译工作大有裨益。这其中还要特别提到的,是苏珊和我之间深厚情谊的建立。苏珊是国际知名的伍尔夫学者,《剑桥伍尔夫文学指南》的主编之一,身上有着女性知识分子那种特有的文雅、精致与谦和。我们在圣安德鲁斯和剑桥多次见面。她介绍我和其他的英国文学学者相识,参观剑桥大学各学院内部,邀请我为研究生做讲座,尤其是耐心地帮我解决了翻译过程中的一些疑惑。在此过程中,英文学院的师生们亦在工作与生活中给予了我多方面的照拂。院长,荣誉教授罗娜·哈特森(Prof. Lorna Hutson)和副院长,莎士比亚专家内尔·罗德斯教授(Prof.

Neil Rhodes)为我的翻译与研究工作提供了便利的条件;苏格兰诗歌研究专家,诗人罗伯特·克劳福德教授(Prof. Robert Crawford)在我们首度见面时就赠给我一本在他的帮助下完成的苏格兰诗歌中译本,令我深为感动;伊恩·布莱斯博士(Dr. Ian Blyth)则不厌其烦地帮我查询与确定了小说中涉及的伍尔夫与部分亲属之间的相互关系。此外,学院两位可爱的秘书萨曼莎·迪克森(Samantha Dixon)和简·伽特里奇(Jane Guttridge),网络与计算机主管娜塔莉娅·比列茨卡(Natalia Biletska)以及来自中国大陆的学生闫梦梦等,亦在生活上给我提供了温馨的帮助,这些都是我在忆及圣安德鲁斯的生活时难以忘怀的。

还有一点需要补充的是,正是在我对画家文尼莎与小说家弗吉尼亚故事的翻译过程中,有关伍尔夫小说与视觉艺术关联的想法日渐清晰。我围绕着这一主题进一步阅读与思考,越来越觉得这是一个有价值的,并有待深入挖掘的课题。我申报了国家社科课题并获得了立项。对此,我也是要感谢苏珊,感谢《文尼莎与弗吉尼亚》这部小说,并对小说中的这对女主人公心存敬意的。

我同时还要感谢珍妮·布朗女士(Jenny Brown),感谢南京大学出版社的杨全强老师和小说中文版的责任编辑芮逸敏女士。是他们的共同努力,才使得这部小说的顺利面世成为可能。最后,我还要感谢先生与女儿在我孤独的时刻所给予的精神上的支持。

杨莉馨

二〇一一年秋

234